평양 기생 강명화전

대한민국 스토리DNA 005

평양 기생 강명화전

초판 1쇄 발행 | 2015년 4월 20일

지은이 이해조
편저자 김동우
발행인 이대식

편집 이숙 김화영 나은심 차소연
마케팅 김혜진 배성진 지다영 박중혁 **관리** 홍필례
디자인 모리스

주소 서울시 종로구 평창길 329(우편번호 110-848)
문의전화 02-394-1037(편집) 02-394-1047(마케팅)
팩스 02-394-1029
홈페이지 www.saeumbook.co.kr
전자우편 saeum98@hanmail.net
블로그 saeumbook.tistory.com
페이스북 facebook.com/saeumbooks

발행처 (주)새움출판사
출판등록 1998년 8월 28일(제10-1633호)

대한민국
스토리DNA
005

평양 기생 강명화전

이해조 장편소설

김동우 편저

새움

엊그제, 종로에서 문득 마주친 평양 기생

이 책은 일제강점기에 크게 유행했던 '딱지본 소설'을 새롭게 펴낸 것이다. '딱지본'이라는 이름은 소설책의 표지 그림이 딱지처럼 울긋불긋 화려하게 채색된 데서 비롯되었다. 책 한 권이 당시의 국수 한 그릇 값인 6전에 팔렸다고 해서 '육전소설'이라고도 했다. 그만큼 값이 저렴했기 때문에 많은 사람들이 쉽게 책을 사서 읽을 수 있었다.

딱지본 소설의 유행은 인쇄술의 발달로 대량 인쇄가 가능해진 덕분이었다. 그 전까지만 해도 대부분의 책은 목판에 글씨를 음각한 목판 인쇄여서 아무나 책을 소장하기 힘들었으나, 납활자를 이용한 새 인쇄술 덕분에 뉴미디어로서 소설이 대중적으로 소비될 수 있었다. 그러므로 딱지본 소설은 근대적 책읽기의 대중화에 결정적인 기여를 했다고 볼 수 있다. 1920~1930년대 당시의 높은 문맹률에도 불구하고 매년 수만 부씩 팔려 나갔다. 바야흐로 우리나라에도 근대적 대중 독자가 등장했던 셈이다.

이와 같은 책읽기의 대중화·근대화는 그 외형에서 미디어의 문화적 지형을 크게 바꾸었을 뿐 아니라, 소설의 내용에 있어서도 큰 변화를 추동질하였다. 한일병합을 전후하여 조선의 지식인들이 가장 크게 염두에 두었던 것은 '애국'과 '계몽'이었다. 소설의 주제도 마찬가지였다. 하지만 딱지본 소설은 사랑과 자유연애 등 대중적이고 오락성 강한 내용을 적극적으로 담아내면서 일반 독자들과 긴밀히 호흡하였다. 그 결과 딱지본 소설은 당시 조선인들이 지닌 다양한 욕망의 배출구가 되었다.

『평양 기생 강명화전』은 그중에서도 가장 인기 있었던 딱지본 소설 중 하나였다(이 책의 제목은 여러 판본이 통일되어 있지 않아 편저자 임의로 정했다). 미모와 사교술, 춤과 노래에서 으뜸이었던 평양 기생 강명화의 자살 사건을 직접적인 소재로 삼은 이 소설은, 연애지상주의와 정사(情死) 신드롬을 불러일으키는 등 숱한 화제를 남겼다. "강명화를 따라간다"며 자신들의 사랑을 죽음으로 증명한 청춘남녀들이 줄을 이었고, 비련의 주인

공 강명화처럼 이룰 수 없는 사랑을 품고 자신의 신세를 한탄한 기생들의 자살도 끊이지 않았다. 사태가 이러하자 단재 신채호는 "자살귀 강명화가 열녀가 되는 문예가 무슨 예술이냐!"며 강한 어조로 비판하기도 했다.

실제 사건의 여파와 함께 소설이 워낙 인기를 끌자 실화에다 윤색과 각색을 조금씩 달리 가한 다양한 이본(異本)들이 출현했다. 1924년에 출판된 『강명화 실기』를 시작으로, 『강명화전』(1925), 『강명화의 설움』(1925), 『녀의괴 강명화전』(1927), 『절세미인 강명화전』(1935), 『강명화의 죽음』(1964) 등이 지속적으로 대중 독자들의 사랑을 받았다. 또한, 비극적인 두 연인의 사랑을 다룬 연극이 두 차례 공연되었으며, 일본인 하야카와 감독은 실제 기생을 발탁하여 〈비련의 곡(曲)〉(1924)이라는 영화로 제작하기도 했다. 그후 1967년에는 신성일·윤정희 주연의 영화 〈강명화〉(강대진 감독)가 개봉돼, 당시로서는 엄청난 수인 10만여 관객을 모았고, 가수 이미자는 영화 주제가로 '강명화'

라는 제목의 노래를 불렀다.

　여러 이본 중에서 본 편저의 텍스트로 삼은 것은 이해조의 『녀의괴 강명화전』(1927)과, 같은 저자의 『강명화 실기 下』(1925) 다. 두 권의 책은 스토리의 연속성을 지니고 있어서 한 권으로 묶어 내는 데 이상하거나 억지스러운 부분이 조금도 없었다. 보통 사람들은 요즘 여간해서 읽기 힘든 딱지본 소설을 처음으로 선보이게 되어 참으로 기쁘다.

　현대어로 편역하는 과정은 아주 재미있고 즐거웠다. 무엇보다 소설이 씌어진 당시의 공간과 풍경, 인물들의 말과 행동을, 오늘의 그것에 겹쳐 놓으면서 벌어진 간극과 압축된 시간을 자유롭게 유영하는 즐거움이 가장 컸다. 그렇기 때문에 욕심 같아서는 구투의 표현 그대로, 서투르고 틀린 문장 그대로를 독자들에게 생생히 보여 줌으로써 시간적 낙차를 더불어 즐기도록 해주고 싶었다. 다 아는 대로, 소설은 한 시대를 담는 그릇이자 동시대를 비추는 거울이 아닌가. 이상한 어법, 서투른 문장조차도 그 시대를 읽는 하나의 실마리 내지 뚜렷한 징후가 될 수 있다고 생각했기 때문이다.

하지만 앞서 말했듯이 딱지본 소설이 근대적인 대중 독자의 등장을 이끌었다는 사실을 소홀히 할 수는 없었다. 오늘날의 독자들에게도 그 부분에서만큼은 같은 대접을 해주는 게 옳다고 판단했다. 지나간 시대를 있는 그대로 읽게 하자는 '욕심'과, 더 많은 독자들이 이를 좀 더 가깝게 느낄 수 있게 해주고 싶다는 '배려' 사이에서 자주 망설이고 주저하였음을 고백한다. 편하고 부드러운 읽기가 최선은 아닐 것이나, 그렇다고 불편한 독법이 또 다른 즐거움이라고 강요할 수도 없었다. 독자들의 지혜로운 줄타기를 기대할 뿐이다.

이 소설의 의미에 대해서는 침묵하려고 한다. 지금은 사라지고 없는 기생의 존재가 오늘날의 우리에게 어떤 존재로 비치는지에 대해서도 역시 침묵하려고 한다. 두 주인공의 심정적 사태가 당시의 신분적 제약을 뛰어넘는 사랑의 실험이었든지, 전통적인 제도와 새로운 사상의 갈등이었든지, 당시 조선인으로서는 감당할 수 없었던 낭만적 연애에 대한 광적인 도취였든지, 외래에서 밀려오는 새로운 문화를 제대로 수용할 수 없었던 조선의 허약한 문화적 토대였든지는 독자들 각자의 가슴에서 일어나고 정리될 일인 까닭이다.

새롭게 복원된 한 시대의 풍정이 독자들의 가슴에 촉촉이 젖어 들기를 바라면서, 원통하게 죽어 간 강명화의 혼령에게도 삼가 명복을 빈다.

2015년 4월
편저자 김동우

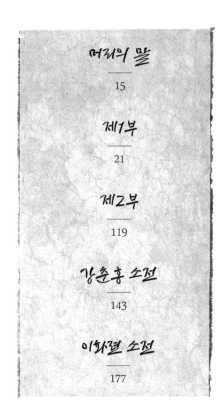

일러두기

1. 1927년 회동서관에서 발행된 『녀의괴 강명화젼』과 1925년 같은 회동서관에서 나온 『강명화실기 下』를 원본으로 삼아, 편저를 거쳤다.
2. 표기는 2015년 현재의 원칙에 따랐다. 다만, 사투리나 속어, 대화체의 옛 표기, 당대의 풍물을 나타내는 어휘나 표현 등은 되도록 원본을 살렸다.
3. 현재의 어법에 비춰 부자연스러운 일부 표현은 현대의 독자들이 이해하기 쉽도록 수정했다.
4. 현재는 잘 쓰이지 않는 우리말이나 한자어 등은 해당 페이지 아래 간략한 설명을 붙였다.

머리의 말

귀신이 있고 없는 것은 예나 지금이나 명쾌하게 결론이 나지 못한 한 가지 의문이다. 무식한 부녀자들은 귀신이 곳곳에 있다고 믿고 거기에 미혹된다. 하지만 어느 정도 책을 읽은 식자들은 사람이 죽으면 몸은 땅속으로 들어가고 넋은 하늘로 올라가 흩어지고 마니 어찌 귀신이 있으리오 하여, 무식한 부녀자들을 속여 돈과 곡식을 도적질하는 무당의 무리들을 절대적으로 배척한다.

붓을 잡은 나 역시 귀신이 없다고 주장하는 사람들 중의 하나였다. 부녀와 무당의 잡된 무리가 몇백 몇천 년을 두고 어떻게 혹세무민을 하였던지, 사람들의 마음에 무녀는 귀신과 직접 수작을 하여 능히 안심하도록 타이르고, 박수는 신장(神將)을 부려 귀신을 능히 쫓아 보내는 줄로 확실히 믿게 되었다. 사람의 우환, 질병, 손재, 횡재가 모두 귀신의 조화인 줄로 여기는 그 철모르는 부녀자들이 찾아오면, 그들은 돈을 벌 절호의 기회로 알고 손님이 굿을 하거나 부적을 붙이도록, 목신이니 토귀니 서낭이니 말명*이니 성주니 터주니 악귀니 악신이니 하는 여러 가지 이치에 닿지 않는 말로 부녀들을 미혹하고 곧이듣도록 꾸며 대어 날도적질을 한다. 이런 모습들을 두루 살펴본 결과 나는 귀신이 없다고 주장하였다.

그렇다고 귀신이 아주 없는 것은 아니다. 의기가 산악 같은 영웅남아이거나 정절이 추상같은 규중여자이거나 그나마 예사로운 어린 처녀까지도 세상에 다시없을 원통한 죽음을 당하면, 신령한 혼과 억울한 넋이 바로 본래 자리로 돌아가지 못하고 천지 사이에 꼭 맺혀 있어, 왕왕 산 사람의 눈에 나타나는 일이 예부터 있었다. 그 전례를 들자면 다음과 같다.

순임금을 생각해 황릉의 애혼이 된 아황과 여영의 혼이라든지, 여몽의 해를 입어 옥천암에 출몰하던 관우의 혼이 있었다. 조선 고대로 말하면 밀양 영남루 대밭 속에서 원통히 죽은 구관의 딸 처녀의 원혼이 신관의 눈에 보인 일이 있었고, 근래로

* 무당의 수호신의 성격을 지닌 조상신.

말하면 평양 태생의 강확실이라는 여자의 일이 또한 그러하다.

그러한 원귀나 원혼들은 천지에 사무치도록 원통한 그들의 한을 시원히 풀어 주면 그 자취가 연기 사라지듯 없어져 다시 사람의 눈에 나타나 보이지 않는다. 그렇지만 그러한 원귀의 적이 되는 사람은 스스로 마음이 송구하고 일이 잘 풀리지 않게 되어 왕왕 생명도 떨어뜨리고 재산도 탕진하니, 이는 무녀를 불러 굿을 하여도 효험이 없을 것이요. 점쟁이를 청하여 경을 읽어도 소용이 없을 것이다. 다만 자기가 잘못 처신하여 그 귀신에게 원혼을 맺어 준 일을 회개하여 그 귀신에게 맺힌 원한을, 봄눈 사라지듯 풀어지게 해주면 시각을 머무르지 않고 없어진다.

몹시 억울하게 죽었다고 해서 모두 원귀가 되는 것은 아니다. 심보가 불량해 남을 음해하거나 행실을 음란하게 하여 집안을 망친 업보로 비명에 죽은 자는, 죽은 귀신이라도 감히 천지간에 머리를 들고 다니지 못하여 삼혼칠백(三魂七魄)이 동서 사방으로 흩어져 없어진다.

그러나 굳은 절개는 하늘에 사무치고 오장(五臟)에 맺힌 마음은 철퇴로 깨뜨리기 어려운데, 그런 사람이 악독하고 흉험한 대적을 만나 비명에 참혹하게 이 세상을 버리면, 그 혼백은 한 점도 흩어지지 아니하고 단단히 뭉쳐 있게 된다. 그러다가 하늘이 흐리고 비가 내려 축축한 날이면 추추히 울기도 하고, 혹 한

밤중에 현현히 다니며 성인군자에게 하소연하여 자신의 억울함을 하늘이 맑게 갠 대낮같이 속 시원히 해결하려는 일이 비일비재하다.

묻노니, 이 세상에 남에게 악한 짓을 많이 하여 억울하고 원통한 죽음을 당하게 만든 사람들이 몇이나 되는고? 스스로 반성하여 하루빨리 그 원풀이를 통쾌하게 해줄지어다. 그러한 연후에야 목전에 되는 일이 있을 것이지, 만일 계속 고집불통으로 한낱 떠돌아다니는 귀신이 살아 있는 사람을 감히 어떻게 하리, 생각하여 조금도 반성하지 않거나 뉘우침이 없으면, 당장에 마른나무 꺾어지듯 와작와작 넘어가지는 않아도, 물에 잠긴 함석처럼 남모르게 매사에 마가 들어 모든 일이 뜻대로 되지 않을 것이다.

고대광실 같은 큰 집에 살면서 부귀로 위세를 떨치던 집안이 하루아침에 망해 쑥대밭이나 다름없이 되었다면, 겉으로만 보면 아무 죄 없이 억울하게 그 지경을 당한 것 같지만, 그 내막을 살펴보면 모두 남에게 악한 짓을 많이 하고 원성을 쌓아 그 보복으로 그리 된 것이다.

매우 가난하여 굶기를 밥 먹듯 하던 집이, 별안간에 오이 붇듯 가지 붇듯 매사가 순조롭게 풀려 넉넉한 가세를 이루는 것도, 역시 겉으로 보면 우연히 좋은 운수가 돌아와서 요행으로 그렇게 된 듯싶지만, 그 내막을 살펴보면 모두 억울하고 원통한 자의 가슴에 맺힌 원한도 남모르게 풀어 주고 생활이 군색한 자를 따뜻하게 붙잡아도 주어 그 음덕으로 부유해지게 된 것이다.

필자가 이 글을 쓸 때에 지극히 공명정대한 뜻을 세워 확실하게 기록함은, 결코 누구를 미워하고 누구를 사랑하여 더하고 빼고 하는 것이 아니라, 오직 허물이 없는 자는 주마가편(走馬加鞭)으로 더욱 더욱 조심하도록 하고, 허물이 있는 자는 하루바삐 회개하여 철저히 인자한 사람이 되기를 간절히 바라는 바이다. 독자들이여, 이 소설을 무심히 지나치지 마시고 필자의 고심함을 깊이 헤아려 주기 바란다.

제1부

홍수동* 한가운데 산을 의지하여 석축을 하늘에 닿을 듯이 쌓고 높은 누각을 궁궐같이 지은 집은 한강에서 제일가는 부자 임고원 손자의 집이다. 그 집 맞은편 산 겨드랑 길은 안양암으로 넘어가는 곳인데, 그 길이 비록 산골의 좁은 길이나 밤낮을 가리지 않고 비가 오나 눈이 오나 왕래하는 사람이 끊이지 않았다.

그런데 금년 여름부터는 뜻밖에 괴상스러운 일이 생겨서 해만 넘어가면 행인이 뚝 그치고 근처에 있는 집마다 대문을 첩

---

* 서울 종로구 창신동에 있던 마을. 복숭아와 앵두나무가 많아 마을 전체가 온통 붉은 열매를 맺는 나무로만 싸여 있다고 해서 이렇게 불렸다.

첩이 닫아걸었다. 그 사정을 알지 못하는 타지 사람들은 여전히 야밤에 무심하게 그 길로 지나가다가, 열이면 열이 다 놀라서 소리를 지르고 오던 길로 되돌아서 도망쳤다. 도대체 무엇을 보고 그와 같이들 놀랐을까? 이상한 일이 아닐 수 없다.

실제 겪어 보지 못한 사람들은 자연히 궁금증이 생겨서, 다른 사람을 통해 묻기도 하고 직접 듣기도 하여, 한 입 건너 두 입 건너 서로 수군수군하면서도 정작 당사자에게 바로 이야기해 주는 사람이 아무도 없었다.

밤이 이슥하여 으스름 달빛이 먼 데 사람을 알아볼 만한 때나 궂은비가 부슬부슬 올 때면, 한 떨기 꽃송이도 같고 옥 덩어리도 같은 젊은 여자가 난데없이 나타났다.

나이는 이십이삼 세가량 되어 보이는데, 옥양목으로 반(半) 양복을 눈이 부시도록 회매하게* 입고 굽 높은 구두를 가볍게 들메고 트레머리**를 유행에 따라 했다. 흑운 같은 머리카락은 너풀너풀거리며 앞이마 좌우로 늘어져 탐스러운 볼을 반쯤 덮었다. 얼굴에는 원통한 빛을 가득 띠고 그 산길을 내려갔다 올라갔다, 혹 앉았다 섰다가, 흐느껴 울기도 하고 중얼중얼 하소연하기도 하며 길 남쪽의 고래등 같은 기와집을 뚫어지게 건너다본다.

---

* 입은 옷의 매무새나 무엇을 싸서 묶은 모양이 가뿐하다.
** 가르마를 타지 않고 뒤통수의 한복판에다 틀어 붙인 여자의 머리.

처음에는 저것이 어떠한 여자인가, 유부녀도 같고 여학생도 같고 기생도 같은데, 무슨 이유로 이 야심한 시각에 와서 저러나 짐짓 뒤를 밟아 보면, 인적이 가까워지면 언뜻 보이다가 홀연히 없어져 버리고, 멀찍이 가서 돌아보면 여전히 왔다 갔다 한다. 그 모양을 본 사람들은 덜컥 겁이 나서, 어두워지면 그 근처에 갈 엄두도 내지 못하였다.

부근에 있는 집에서는 무서워서 문을 첩첩이 닫아걸었으나 그 여자의 하소연하는 소리는 모두 다 들었다. 그 소리를 들은 사람들은 측은한 마음이 저절로 생겨서 동정의 눈물이 흐르는 것을 미처 깨닫지 못하였다.

말으시오 말으시오, 사람 괄시를 너무 말으시오. 하루 이틀도 아니요. 그만하면 철석간장*이라도 감동될 것인데, 어쩌면 그다지 박절하오.

내가 금전을 욕심낸 것도 아니요. 행실이 음란한 것도 아닌 것을 뻔히 아시겠지요. 금전을 욕심냈으면 이삼 년 동안을 어찌 나의 세간, 집물(什物), 의복, 패물을 다 팔아 먹고 지냈으며, 행실이 음란할 양이면 장안에 허다한 화류 남자 중에 한 사람이라도 사귄 일이 4년 동안에 한 번도 없었으리까.

---

* 굳센 의지나 지조가 있는 마음.

말으시오 말으시오, 정말 그렇게 말으시오. 인심이 끝끝내 그러할 줄은 진정이지 몰랐구려.

내 팔자가 기구하여 불행히 화류계에 떨어졌을망정 한번 정당한 남편을 만난 이상에 도탕부화(蹈湯赴火)*를 할지라도 변치 말자는, 가슴에 맺은 이 마음은 철퇴로 때려도 아니 깨지지요.

그 학대 그 박대를 날과 시로 당하면서 지긋지긋 참아 오기는 남편 하나를 하늘같이 바라고 믿고 지냈는데, 이 몸으로 인하여 지중한 남편까지 낭패가 돼버리니 이리저리 여러모로 생각해 보더라도 나 없어지는 것이 상책으로 알았소.

나를 남의 집 열 아들 부럽지 않게 태산같이 믿고 의지하신 우리 불쌍한 어머니. 불면 날아날까 쥐면 깨질까, 스물이 넘어도 세 살 먹은 젖먹이로 아시던 어머니를 뚝 떼어 버리고 세상을 버리던 이내 간장, 만고에 불효를 끼친 일, 차마 눈이 안 감깁디다.

말으시오 말으시오, 정말 그렇게 말으시오. 죽는 것을 싫어하고 사는 것을 좋아하는 것은 인지상정이지요. 어떤 어리석은

* 끓는 물을 밟고 타는 불 속에 들어간다는 뜻으로, 어렵고 위험한 것을 피하지 않고 맞받아 나가는 것을 이른다.

평양 기생 강명화전

사람이 좋아서 죽으리이까. 이 세상 핍박으로 주위에 강적은 많고 지정 간의 용납이 끊어지니 아니 죽고 어찌하오.

초개 같은 나 하나 죽는 것을 눈 하나 깜짝할까마는, 나의 원혼은 높은 하늘에 사무쳐서 풀어지지 못하고 댁 근처로 돌아다니며 어느 때까지든지 없애고 싶고 죽이고 싶은 아귀로 알고 원수로 여기던 이년이 댁의 소원을 성취해 드리려고 이 지경이 되었으니, 다시는 걱정 마시고 나의 백년 남편 되시는 이를 아무쪼록 잘 가르쳐 사회의 명망 있는 인물을 만드시오.

부자간의 정이 소중하니 어찌 이 천한 나의 말씀을 기다려 처리하오리까마는, 나는 이미 시원히 없어졌으니 전에 지은 죄과는 부디 용서하셔서 이전처럼 구박 말으시오.

말으시오 말으시오. 정말 그렇게 말으시오. 죽은 정승이 산 강아지만 못하다는데, 생전에 그처럼 하고 죽은 뒤에 아무리 따뜻한 옷에 구경을 잘 시켜 주면 무슨 소용이오. 자동차로 칠팔 대씩 치장을 하고 제물을 그득히 차려 제례를 드렸다 해도 남의 이목가림이지 나의 몸은 공동묘지에 갖다 버리고 말았지요.

나는 싫소, 나는 싫소. 내 시체를 거적에 둘둘 말아 마구잡이로 떠메어다가도 댁 선영 양지바른 곳에 깊이 파고 묻어 주었으면, 죽은 고혼이라도 댁 선산을 의지하고 있다가 나의 남편 백세 후에 그 선영에 안장하면 우리 원통한 내외가 넋이라도 서로 다시 만나지요.

이같이 끝끝내 고약하실 것이 무엇이오. 적선지가(積善之家)에 필유여경(必有餘慶)*이라오.

나머지 세월을 눈물과 한숨으로 보내며 밤낮으로 쉬지 않고 나를 생각하는 우리 어머니, 집만 쓰고 들어앉았으면 배가 부른가. 무엇을 먹고 무엇을 입고 서러운 세월을 보내시나. 남편의 일신을 위하여 세상을 버린 것은 나의 일정한 목적을 이루기 위함이었지만, 우리 어머니 앞에는 만고의 용납지 못할 불효녀가 되었구나.

원통도 해라. 내가 칼같이 마음 결단하고 약 그릇을 입에 댈 때를 생각해 보시오. 아무리 목석같으시더라도 응당 몸서리가 치오리다.

---

* 적선지가 필유여경 : 선한 일을 많이 한 집안에는 후손에까지 미치는 경사가 반드시 있음.

하느님 마옵소서, 하느님 마옵소서. 하느님께서 무슨 뜻으로 이 몸을 이 세상에 내시고 하필 이 원통한 지경을 당하게 하사 백년천년 없어지지 못할 원귀가 되게 하시었소. 다음 생애에 날 다시 여자로 점지하사 우리 남편같이 뜻 맞고 정 깊은 남자와 결혼하여 너그럽고 인자하고 도량 넓고 지각 높은 시부 앞에 어질고 정숙한 며느리로 온 집안이 화평하여 오래오래 복록을 누리게 하심을 발원합니다.

이같이 자기 정한을 하소연하며 처량히 울고 다니는 것을 몇 사람이 들었으나, 남의 일에 간섭할 필요는 없고 다만 송구스러워 듣고도 모른 체할 따름이다. 무심한 자는 듣기에 끔찍하여 자세히 들을 생각도 않을 뿐 아니라 귀를 막고 피해 가고, 유심한 자는 '이것이 뉘 집일까. 저 귀신이 이 근처로 바장이는 걸 보면 분명 이 근처의 어떤 집 일인가 본데, 옳지 옳지 그만하면 알겠다. 그 집 일이 분명하구나. 그 집에서 참 잘못했는걸' 하며 소일 삼아 책 보듯 이야기를 한다.

4월 초엿샛날 1년같이 길고 긴 해가 정오가 막 지나자 난데없는 회오리바람이 일어났다. 남대문 밖 거리의 집 널문들이 덜컥덜컥 닫혔다 열렸다 하고, 발등이 푹푹 묻힐 만큼 하늘에서 티끌을 삼태기로 담아 붓는 듯 이리 쏠리고 저리 퍼부어 오고 가는 사람들이 눈을 못 뜰 지경이다.

이때 한 인력거가 남문 안으로 비바람같이 달려왔다. 무슨
내외를 그다지 하며 무슨 일이 그다지 급한지, 맑은 날 우비를
좌우전후로 꼭꼭 막아 두르고 티끌을 무릅쓰고 걱둥걱둥 뛰
어가는 인력거가 용산역 앞에 턱 멈춰 섰다.

그 안에서 선녀가 내려온 듯한 여자가 나오는데, 눈같이 흰
반 양복을 차려입고 사뿐사뿐 걸어 일등 대합실로 막 들어간
다. 이때 새문*에서 오는 전차에서 표한한 청년 하나가 운동복
에 지팡이를 짚고 조선옷 입은 청년 하나를 동행해 역시 일등
대합실로 들어오다가 그 여자와 만나 반기며 수작을 나눈다.
그러자 장내에 들어온 남녀 행객 수백 명의 시선이 일시에 그
여자에게 쏠렸다.

"여보, 인력거 삯을 줘야지. 인력거꾼은 어디로 갔소? 시간이
한참 남았는걸, 괜히 일찍 나왔군. 40분이나 어떻게 기다린담."

남자가 이렇게 말하며 장외로 나오는데,

"인력거꾼이야 근처에서 기다리겠지요. 삯도 안 받고 갔을
리가요. 괜히 일찍 나온 게 무엇이에요. 촉박하게 나왔다가 자
칫하면 차를 놓치지요."

하며 여자가 그 남자의 뒤를 따라 인력거 있는 곳을 살펴본다.

---

* '돈의문'의 다른 이름. 숭례문, 흥인문 따위보다 늦게 새로 지었다는 뜻으로 이렇게
  이른다.

여러모로 뜯어보아도 젊은 부부가 함께 고향을 가거나 아니면 멀리 여행을 가는 모양이다. 행구(行具)는 별로 많지 않으나 크고 작은 가죽가방 두 개를 들고 따라 나오던 사람이, 한 손에 하나씩 가방을 들고 수하물 부치는 곳에 가방을 맡긴 후 표를 받아 들고 장외에 나와 그 부부와 함께 인력거꾼을 찾는다.

변소 갔던 인력거꾼이 숨이 차게 뛰어와서 고개를 꿈벅하며 말한다.

"급히 변소에 갔다가…… 찾으시는 것을 몰랐습니다."

둘은 인력거 삯을 달라는 대로, 한 푼 다투지 않고 얼른 준 후 도로 대합실로 들어간다.

마주 앉아 소곤소곤 이야기를 하며 차 떠날 시간을 고대하는 그들은 과연 누구인가?

곁눈으로 흘금흘금 보고 저희끼리 은근히 하는 쑥덕공론이, 멀찍이 떨어져서 자세히 들리지는 않아도…….

"저 여자가 머리 깎은 ○○○가 아닌가. 저 남자는 ○○인 게지. 근데 어디를 가느라고 저 둘이 저 모양으로 나왔을까?"

"아마 일본으로 또 가는 것이지. 이번에 가면 또 쫓겨 나오지 아니할까? 천생연분처럼 참말 찰떡인걸."

이 말이 당사자의 귀에는 안 들려도 가까이 있는 좌우에는 들릴 만하게 지껄이는 사람, 분명 그 남녀의 내력을 짐작하는 듯싶다.

과연 그 여자가 누구인가? 사실 그 여자는 별사람이 아니다.

평양부에서 20리가량 되는 곳에 남형제산(南兄弟山)골이라는 촌이 있다. 그 촌에서 둘째가라면 서러워할 만큼 가난한 집이 곧 강기덕(康奇德)의 집이다. 강기덕은 천성이 오활(迂闊)하여* 집안을 전혀 돌보지 않고 집에 돈냥이나 있으면 가지고 나가 없앨 뿐이다. 그의 부인 윤씨는 온갖 고생을 다 하고 애옥살림을 하며 근근이 생계를 유지했다.

윤씨가 본래 가난한 집 출신 같으면 험한 일이 뼈에 배어 그다지 힘들지 않겠지만, 그 친정이 평양의 높은 벼슬아치 집안이라 가세가 넉넉하여 아무 걱정 없더니 병술년 쥐통(콜레라)에 그 부모가 세상을 버리니 집안 살림을 맡아 꾸려 나갈 사람이 없고, 다만 철부지 윤씨뿐이었다.

의지할 만한 사람도 없고, 모두를 여읜 집안에 오직 윤씨의 외조부만 있었다. 그나마 친외조부도 아니요 의붓외조부인지라, 그는 윤씨를 양육한다는 빙자로 그 집 재산을 모두 차지하여 물 쓰듯 다 없애 버렸다. 그리고 최후에는 윤씨를 아무것도 없는 남형제산골 강기덕에게 돈을 받고 팔아먹었다.

윤씨는 철모른 채 몸이 팔려서 강씨 집에 와 손톱 발톱이 다

---

* 사리에 어둡고 세상 물정을 잘 모르다.

빠지도록 진일 마른일을 해가며 아들도 두고 딸도 낳았다. 열일곱에 첫딸을 낳으니 어른과 동리 사람이 부끄러워 고개도 바로 들지 못하면서 은근히 귀한 마음이 생겨서 한 번도 울리지 않고, 안고 업고 진자리 마른자리를 골라 누이며 젖을 먹였다. 그 아이가 오이 붙듯 가지 붙듯 어찌나 탐스러운지 이름을 '확실(確實)'이라 지었다.

세월이 잠깐이라, 확실의 나이 일곱 살이 되니까 여태(女態)가 점점 또렷해지며 어여쁘기 짝이 없었다. 윤씨 생각에,

'우리 확실이가 얼굴이 저만치 예쁘고 재주가 저만치 비상한데 이런 촌구석에 두면 결국 농군의 계집이 되어 물동이, 오줌동이나 이고 말 것이니 그 아니 아까운가.'
하고 가장과 의논을 하고 며칠 만에 평양부의 땅 방앗골로 이사를 갔다.

쓴 나무에 열매가 많이 열린다고, 어린것이 확실이 하나뿐이 아니라 한 해 걸러, 두 해 걸러 낳은 아이가 어느덧 사남매가 되었는데, 그것들을 줄레줄레 데리고 이사를 왔으니, 신접살이에 없는 것은 많고 생계가 아주 묘연했다.

백지장도 둘이 마주 들면 힘이 덜 든다고, 남편이 마음을 잡아서 서로 들거니 놓거니 하였으면 좋으련만, 윤씨 혼자 술장사를 한다, 떡장사를 한다, 틈틈이 삯바느질까지 하며 살아가노라니 그 괴로움이 얼마나 되며 그 설움은 또 어떠했을꼬. 성질

이 찬찬하고 인내심 많은 윤씨라도, 몹시 궁핍한 처지를 당하면 스스로 한숨짓고 노래하듯 저절로 탄식이 나온다.

"세상에 내 팔자 같은 사람이 또 있을까. 어려서 부모를 이별하고 남의 밑에서 자라나 급기야 남편을 만난다는 것이 그렇게 오활하고 무심하여, 연약한 나의 몸이 하인이 할 일까지 몸소하는 가난한 양반 모양으로 잠 한 번 달게 못 자고 말 갈 데 소갈 데, 선 일 앉은 일, 잠시 한때 편히 쉬어 보지도 못하건마는 이날 이때까지 시원한 거동 한 번 못 보고 지냈지."

그러고는 한편으로 이렇게 마음을 먹는다.

"고생에 또 고생은 되어도 우리 확실이는 공부를 시켜 제 앞길이나 열어 줘야 하겠다. 우리 형편에 무슨 학비가 있어 학사, 박사 될 정당한 교육이야 시켜 볼 수 없으니, 차라리 이곳 풍속을 따라 춤과 노래나 잘 가르쳐 남자 교제를 많이 하여 제 눈으로 직접 상당한 백년가약을 고르게 하는 편이 낫겠다. 잘못하면 나처럼 어딘가에 맡겨져 평생을 신음하게 될 것이니, 우리 확실이는 제 자유를 주어 차후에 한이 없고 후회 없게 해주는 일이 상책이다."

하고 그 즉시 확실을 데리고 산호주와 밀화주 두 선생을 만나보고 부탁하였다.

산호주와 밀화주는 평양교방 중 명가명무(名歌名舞)로 소문이 자자하던 기생이다. 필경에는 아이들에게 가무를 가르치는 것으로 재미를 삼아 열심으로 힘을 쓰는 터라, 확실을 환영해 바로 그날부터 가르치기 시작했다.

확실은 매우 총명하고 슬기로운 자품(資稟)으로 하루도 빠지지 않고 작심하여 공부를 했다. 다른 아이 열흘 배울 것을 불과 삼사 일이면 다 배울 뿐 아니라, 어깨 너머로 다른 아이들 배우는 것까지 겸하여 깨달으니 선생들은 너무도 신통하고 기특해서 입에 침이 마르도록 칭찬도 하고 다른 아이들 경계도 한다. 천성이 찬찬하여 선생이 지휘하는 범위 안에서만 행동을 하지 동무 아이들과 싸움 한 번, 입씨름 한 번을 하지 않으니 선생들의 사랑도 특별하려니와, 이를 듣고 보는 주위 사람들도 칭찬하지 않는 이가 없었다.

무정한 세월은 흘러가는 물보다 더 빨라서, 어린아이는 장성하고 장년은 늙고 늙은이는 병들어 세상을 떠나 순환하는데, 이는 사람이 재촉할 수도 없고 만류할 수도 없는 정한 이치다.

어저께 뉘역(도롱이) 같은 머리가 나풀나풀하던 확실이가 어느새 열 살을 넘어, 금세 열일곱이 되었다. 태도도 전에 보던 확실이가 아니라 예쁘고 단정했으며, 기술도 전에 보던 확실이가 아니라 일등 명가명무였다.

지각이 뛰어난 확실이는 어머니를 향하여 이렇게 말을 한다.

"어머니, 고기가 바다에 가 놀아야 용이 되기 쉽고 나무가

볕 좋은 데 서야 꽃이 쉽게 핀다는데, 사람도 그와 똑같아서 이런 시골에 있으면 속절없이 늙고 말 것이니 우리 경성(서울)으로 올라가서 생활을 하십시다. 제가 미욱하여 공부는 변변치 못하지만 경성에 우리 고향 사람이 많이 모여 있는 기생 권반(券班)*에 들어가서 얼마 동안 연습하면 설마한들 제가 맡은 구실이라도 못하오리까. 우리 사남매에서 아우 둘은 불행히 어머니 슬하를 배반하고 마지막 길을 갔지만, 하느님이 도우사 우리 도선이는 충실히 잘 자라 지금 열다섯 살이 아니오. 시골에서 보통학교 졸업한다 해도 그 수준이 아무래도 경성 학교만 못하고, 고등 교육을 시키자 하면 이런 시골에서는 도저히 불가능합니다. 우리집에서는 도선이가 동량인데 무슨 짓을 해서든지 그 애를 잘 가르쳐 놓아야 할 것이니, 주저 마시고 수일 내로 경성으로 갑시다. 경성 가서 저는 기생 영업을 하고 도선이는 학교 공부를 하면 희망이 있으려니와, 줄곧 변통치 못하고 이곳에 있으면 어머니 고생은 면하실 날이 없고 도선이까지 버리게 됩니다.”

그 말을 들은 윤씨는 비록 어린 딸의 말이나마 구구절절 맞게 여겨서 지체 않고 짐을 꾸려 길을 떠난다.

사람마다 처지나 상황에 따라 감정이 일어나는 것은 피할

---

* 권번(券番). 일제강점기 당시 기생들의 조합.

수 없는 일이다. 오래전에 윤씨가 층층이 낳은 사남매를 이끌고 평양부로 이사를 하였으나 불행히도 딸 둘을 걷잡을 새 없이 잃고 오늘날 평양부를 떠나가게 되니, 그 감회가 어찌 생기지 않을까. 자취 없는 눈물이 두 뺨으로 흐르니 지각이 어른만 못하지 않은 확실이는 물끄러미 저의 어머니 얼굴을 바라보다가 자기도 두 눈에 핑그르르 눈물이 돈다. 그러나 확실이는 눈물을 억지로 참고 방글방글 웃는 얼굴로 입을 뗀다.

"어머니, 울지 마세요. 우리가 잘되려고 경성으로 가는데 우시면 좋지 않습니다. 우신다고 죽은 아이들이 살아옵니까? 다 쓸데없습니다. 살아 있는 저희 남매를 위해서 마음을 진정하십시오."

윤씨가 그 말을 듣고 마음을 굳게 먹고 참으며,

"오냐, 아니 운다. 내가 그까짓 죽은 것들을 생각하고 울겠느냐. 이번 길을 떠나려니까 괜스레 가슴이 울렁울렁하기도 하고 심사가 처량해지며 절로 눈물이 솟는구나. 이것 참 주책이지. 내 마음을 내가 짐작하지 못하겠구나."

하며 묶어 놓았던 행구를 삯꾼 시켜 지게 하고 정거장으로 나온다.

식구들과 서먹서먹하고 등한한 강기덕은 자기 처자가 경성으로 가거나 말거나 전혀 대수롭지 않게 여기고 어디로 가서 길 떠나는 것을 보아 주지도 않는다.

반면에 산호주와 밀화주 두 선생과 함께 공부하던 기생 아이들은 시간에 맞춰 정거장으로 나와 확실이의 손을 잡고 가서 잘되기를 축수했다.

경성은 어수룩하여 살기가 좋은지, 돈이 흔하여 영업이 잘되는지, 각처의 시골 기생들이 많이 모여들고 있었다. 그중 평양 기생은 더욱 심하여 경성의 동리동리, 거리거리엔 온통 평양 기생뿐이다. 그래서 이런 속설까지 생겼다.

"종로 네거리에를 나갔다가 평양 기생을 안 보는 날은 재수가 있다."

종로 청년회관 뒤에 사는 김옥련(金玉蓮)은 같은 평양 기생으로 확실의 집과 친분이 매우 자별했다. 그러므로 확실의 삼모자 일행은 남문 안에 들어서 다른 곳으로 안 가고 바로 옥련의 집을 찾아갔다. 옥련은 뜻밖에 확실을 만나 친 골육 같은 정분으로 일변 뜰아래채를 치우며 그 삼모자를 맞이하고, 사사건건 모든 대소사를 힘 자라는 대로 봐준다.

윤씨가 남의 집일망정 우선 앉은 자리를 대강 정돈하고, 즉시 옥련을 따라 확실이를 다동의 대정 권반으로 보내 기생 명부에 이름을 올리게 했다. 그러자 권반 일동은 확실이의 외모라든지 노랫소리를 들어 보고는 대환영을 하여 화류계의 행동을 마음껏 가르쳐 주었다.

2층 난간은 기역자로 핑 돌아 있어 만호장 안을 굽어볼 만한데, 영산홍을 돌과 화분에 빈틈없이 돌려 놓았다. 눈이 부시게 붉은 꽃빛은 그 앞 큰길로 왕래하는 행인의 얼굴에까지 비칠 만하다. 그 꽃 사이에 의자를 마주 놓고 앵무와 공작 같은 어여쁜 기생들이 걸터앉아 소곤소곤 이야기를 한다.

"얘 채선아, 너는 기운도 좋다. 소리를 그렇게 하고도 땀 한 점 없구나. 비가 오려는지 날씨가 여름같이 더워서 나는 저고리 등이 촉촉이 젖었다."

"삼주 너는 관계치 않았는데도 나같이 더운 것이로구나. 이마에 땀 기운이 있는 것 좀 봐. 날씨가 더워 그러냐?"

"늦은 봄 날씨가 이만도 아니할까. 명화는 소리를 너무 힘들여 하기 때문에 땀이 그렇게 났지. 그러니까 삼주도 덩달아 힘을 들이잖아. 웬만큼 해서 손님 소일거리만 해드리면 그만이지. 오늘만 하고 내일은 안 할 모양으로 힘을 들여 아예 소리 뿌리를 뽑으려고 하는구나."

"얘, 그렇지 않아. 우리들이 팔자가 기박하여 기생 노릇을 할지언정 경우라는 것은 바로 가져야 한다. 이처럼 금전이 어려운 시대에 상당한 시간비를 주고 우리를 부르는 것은 그 손님들이 하루 유쾌하게 놀자는 목적이 아니냐. 우리는 남의 시간비만 받아먹고 힘도 들이지 않고 소리를 그냥저냥 흉내만 하면 그 손님들이 여북 괘씸하게 여기겠니!"

"옳다. 명화 말이 옳다. 우리를 부르는 것은 소관(所關)이 하사(何事)라고, 소리를 듣자는 것인데 그게 무슨 큰 공부라고 꾀를 쓴단 말이냐?"

"너희 둘이 채선이 하나만 핀잔을 주는구나. 누가 손님의 뜻을 거역하여 꾀를 쓴단 말이냐. 소리를 하더라도 너무 힘들여 지르지 말라는 말이지."

"오냐. 그만두어라. 웃자고 하는 소리에 송사 가겠다. 우리는 서로 합심하여 손님에게 군소리 듣지 않게 잘 지내기만 하자." 하며 중재를 하는 기생은 곧 명화다.

명화라는 기생의 이름이 하도 많으니까 반드시 성까지 끼워 불러야 누구인 것을 분별한다. 이 기생의 성은 무엇인가? 곧 강명화이니, 아명(兒名)은 확실이가 분명하다. 그날 장춘관에 불려 와서 형제처럼 친하게 지내는 김삼주와 김채선이를 만났다.

명화가 서로 옳거니 그르거니 하던 수작을 막 자르고 남산만 우두커니 건너다보고 앉았다가 별안간 새로운 화제로 말을 돌린다.

"너희들은 생각이 어떤지 모르지만, 나는 만사가 귀찮고 꼭 죽었으면 좋겠다마는 우리 어머니 때문에 차마 못한다."

삼주가 깜짝 놀라며 묻는다.

"애, 그게 무슨 소리냐? 이팔청춘에 그런 말은 왜 하네? 팔자가 사나워 기왕 화류계에 들어왔으니 돈도 상당히 벌어 보고,

좋은 남편을 만나 백년해로하여 부모님께 호강도 시켜 드려야지, 그러지도 못하고 방정맞게 죽는다는 것이 다 무엇이냐?"

채선이는 생글생글 눈웃음을 치며 앉아 듣다가 끼어든다.

"얘는, 명화의 말이 참말인 줄 알고 그러느냐? 실없이 하는 말이겠지. 나도 어떤 때는 이 노릇 하기가 귀찮아서 아닌 게 아니라 죽고도 싶더라."

일정한 배포가 남모르게 있는 명화는 무심히 말 한마디를 내어 놓고는 삼주와 채선이 하는 말을 듣고 은근히 냉소를 하며 받는다.

"오냐, 내가 별미쩍게* 말을 하였다. 그렇지만 돈은 있다가도 없는 것이요, 없다가도 있는 것이지만 좋은 남편이야 어디 찾기가 쉬울까?"

주흥이 도도한 손님들은 '뽀이'를 벼락같이 불러 기생들 불러들이라 재촉하니, 마음에 소회가 가득하여 지기지우(知己之友)와 더불어 속풀이를 하려던 명화는, 두 기생을 따라서 죽으러 가는 걸음 모양으로 자리에서 일어선다.

그날 놀이를 약약하게** 마치고 청년회관 뒤 집으로 돌아온 명화는 자기 어머니를 향해 집안 걱정이 분분하다.

"어머니, 인제는 돈냥이나 수중에 모여 있으니 집도 사글세

---

* 말이나 행동이 어울리지 아니하고 멋이 없다.
** 싫증이 나서 귀찮고 괴롭다.

로 옮겨 가서 창피를 면하고, 아버지께서도 취미를 붙일 일이 아무것도 없으셔서 동서 사방 객지를 떠돌아다니시니 곧 올라오시라 하여 잡화상 하나를 내어 드려 심심소일이나 하시도록 합시다."

그리하여 일변 옥련의 집 행랑채를 세로 얻어 잡화상을 얌전히 개업하여 자기 아버지 강기덕에게 영업을 맡기고, 한편으로는 관철동에다 집을 얻어 이사를 했다.

사글세 집이라는 것은 으레 고장이 종종 생겨 자주 집을 옮기게 되는 것이라, 얼마 안 되어 전동으로 또 이사를 했다. 처음에는 신접살림이라 솥 하나, 그릇붙이, 이부자리를 합하여 한 짐이 겨우 되던 이삿짐이, 이 집에서 저 집에 갈 때 얼마 늘고, 저 집에서 이 집으로 올 때에 얼마 또 늘어, 나중에는 구루마(수레)로 10여 채를 싣고도 행랑하인이 나른 것이 적지 않았다. 세간살이가 그같이 늘어난 것을 보니 명화의 생활이 이전과 비교해 아주 좋아진 것을 알겠다.

그러나 명화는 하루바삐 인물이 출중하고 학문도 고명하며 마음도 명민하여 제 한 몸을 의탁할 만한 남편을 만나고 싶었다. 그래서 천한 기생 영업을 한시라도 빨리 면하였으면 내일 죽어도 한이 없거니 하는 생각에 골똘하여, 어지간한 속된 부랑자에게는 혀를 깨물고 몸을 허락지 않는다.

어떤 정씨 청년 하나가 명화의 꽃 같고 달 같은 태도를 흠모해 요릿집으로 부르기도 여러 번이요, 명화의 집에를 찾아오기도 여러 번이었다. 갖은 방법을 다 써가며 여러 곳에 소개를 부탁해 보기도 여러 번이었지만, 명화는 정씨의 됨됨이를 보건대, 여러모로 뜯어보아도 부랑자다. 의복 입은 것을 보든지, 하는 거동을 짐작건대 시골 부자의 자제는 분명하나 기생을 데리고 노는 모습을 보면 장구도 일등 선수로 치고, 소리도 창부 이상 잘하고, 어깻짓 고갯짓에 왠지 조금도 미덥지가 않아 보였다. 명화는 그를 볼 때마다 '저런 사람에게 몸을 허락했다가 내 명예까지 타락되면 어찌하리' 하는 마음이 들어서 한결같이 거절하고 가까이하지 않았다.

그 일이 화류계에 널리 퍼져 나갈수록 명화를 흠모하는 남자들이 더욱 많아져서, 여기서도 부르고 저기서도 청하여 잠시 한가하게 집에 들어앉아 있을 틈이 없었다. 아무라도 명화를 데리고 놀려면 삼사일 전에 미리 날을 잡지 않으면 안 되었다.

날마다 밤을 새우고 식전에 겨우 잠을 좀 자려면 사랑놀음이니 뱃놀이를 가느니 절에를 가느니 하며 성가시게 불러 댄다. 연약한 몸이 밤낮으로 불려 다녀 못 견딜 지경이지만, 아무쪼록 금전을 저축해 부모와 동생이 생활할 기초를 마련해 줄 작정으로 한 번도 싫은 내색을 하지 않고 다닌다.

그 어머니 윤씨는 천성이 인자하여 남의 자식이라도 법상에 넘치게 사랑하거든, 하물며 자기 몸으로 낳아 애지중지하는 외

딸 명화가 그 모양으로 바깥 바람을 맞고 다니는 모습을 보니 뼈가 으스러지는 듯, 살을 에어 내는 듯 애처로워서 조용한 틈만 있으면,

"아가, 내 말 좀 들어라. 돈도 사람이 먼저 살고 벌어야지, 너같이 연약한 것이 하루도 쉬지 않고 저 모양으로 놀이 자리를 다니다가 병이 나면 어쩌려고 그러느냐? 어미 마음에 네가 편히 단잠도 못 자고 나가는 거동을 보면 두 눈이 아득해지고 가슴이 답답해 못 살겠더라."

하고 달래곤 하였다.

"여러 사람들이 나더러 말을 하는데, 너를 보려고 일심 정력을 다 들이는 정씨가 부랑자같이 잡시러베 장난을 잘한다 하지만, 자기 고향에서는 손에 꼽을 부호의 자제라 너 하나 집에 두어 호강시키는 것은 어려운 일이 아니라고 하던데, 왜 너는 계속 거절만 하느냐? 마음에 여간 미덥잖다 해도 눈 딱 감고 청하는 대로 따랐으면 오늘날 이때까지 저런 고생을 안 할 것이 아니냐?"

묵묵히 자기 어머니의 권유하는 말을 다 듣고 앉았던 명화는 생긋 웃으며 어머니 품에 가 안기어 나직한 음성으로,

"어머니, 내 말씀 들어 보세요. 사람이면 다 사람이고 남자면 다 남자오리까. 계집의 몸은 익은 음식 같아서 이놈도 뜻을 두고 저놈도 뜻을 두는데, 그 됨됨이 여하를 불문하고 금전 있

다는 것만 욕심내어 함부로 몸을 허락했다가 낭패를 당하면, 당장 그런 망신이 어찌 다시 있겠으며, 또는 그 일로 정씨 집안 사람이 돼버리면 나중에 상당한 남편 자격 될 만한 사람까지 잃어버리게 될 것은 정한 이치옵니다."

하고 대답하였다.

"말씀하신 정씨로 말하면, 자기가 아무리 부자의 아들이지만 일정한 심지가 없고 정신이 화류계에만 깊이 빠져서 오늘은 이 기생, 내일은 저 기생, 광대도 같고 기둥서방도 같고, 소중한 금전을 초개로 여기고 절제 없이 물 쓰듯 하고 돌아다니니, 그런 위인이야 백 명이면 무엇에 쓰며 천 명이면 무엇에 씁니까. 어머니께서는 아무 염려 마시고 계십시오. 아무럼 제게도 적합한 사람을 만나 좋은 세월 볼 때가 있겠지요."

윤씨는 아무리 제 속으로 낳은 자식이지만 명화의 말이 그렇듯 이치에 가까우니 다시는 권고치 못하고 저 하는 대로 내버려 두었다.

하늘에 월모(月姥)라는 선녀가 있어 붉은 실을 가지고 부부 될 사람의 발목을 매어 놓는다는 말이 있다. 이는 옛사람의 속설에 불과하지만, 과연 하늘이 정해 준 연분이라는 것이 따로 있기는 있는 것이다.

그토록 허다한 남자를 모두 마다하던 명화가 우연히 남자

하나를 만났다. 그 남자가 명화를 흠모하는 것보다 명화가 그 남자를 흠모하는 것이 추호도 뺄 것 없이, 서로 마음이 가고 마음이 와서 소진이나 장의 같은 말 잘하는 변사가 이간을 해도 사이가 나지 않을 만큼 되었다.

묻노니, 그 남자는 그 누구인가? 가세를 말하면 경상도 대구 지역에서 첫손가락 꼽을 만한 부자요. 지체와 문벌로 말하면 양반 중에서도 으뜸가는 양반의 집이다. 가세가 부유하고 지체와 문벌 또한 혁혁하니 남을 시기하기 좋아하는 요즘 인심에 자연 험담하는 자도 있을 것이요. 욕심내는 자도 있을 것이다. 널리 베풀어 여럿을 구제하는 일은 성인에게도 병이 될 지경이라는데, 무슨 도리로 천 사람 만 사람의 뜻이 흡족하도록 처신할 수 있으리오. 자연히 주위에 원망하는 사람이 얼마쯤 생겨 집안에 참혹한 재변도 당하니, 주먹은 가깝고 법은 먼 향곡에서 그대로 살아갈 수가 없어 대소가가 모두 경성으로 이사해 올라온 그 집 귀남자 장병천이다.

장 청년이 부호의 자제로서 군색한 것은 모르고 호화로운 것만 알고 자랐지만, 규모 있고 범절 있는 아버지를 모시고 있어 감히 함부로 날뛰며 돌아다니지는 못하나 젊은 마음에 어른 모르게 기생 낱이나 데리고 노는 것이야 어찌 없었을까.

한 번 명화를 본 뒤로 그 뛸 듯이 기뻐하는 태도와 조심스러운 행동거지에 온 정신이 나가서 가까운 친구를 통해 명화와 가까워졌다. 명화는 장 청년이 아니면 다시 남편이 없거니, 장 청년은 명화가 없으면 다시 실가지락(室家之樂)*이 없거니 하여 백년을 동거하자는 서로의 맹세가 산과 바다와 같았다.

그 비밀을 모르는 장 청년의 부친은 말할 것이 없으나, 이들을 한집에서 두고 보는 명화의 어머니 윤씨는 일변 이상도 하고 일변 기특도 하여 은근히 명화더러 물어본다.

"얘 명화야! 네 일을 네가 어련히 알아서 하겠냐마는, 그래 장씨는 네 마음에 꼭 알맞냐? 내가 잠시 보기에도 장씨의 드러난 인물이 상당한 자격은 되더라만, 내가 듣기에 미흡한 것은 그 사람 아버지가 엄절하고 규모가 삼엄하여 결코 그 아들이 첩을 두는 것을 허락할 리 만무하다 한즉, 자기 아버지가 허락을 하지 않으면 너의 소원은 헛것이 되지 않겠느냐? 아가, 이 어미의 말을 부디 허수히 듣지 말고 깊이 생각하여라."

명화가 그 말을 듣더니 얼굴빛이 치잣물 끼얹은 듯이 노래지며 한참 앉았더니, 비장하고 처절한 말로 그 어머니 말이 다시 못 나오도록 끊으며 말을 한다.

"어머니 말씀이 당연하십니다. 제가 아무리 미련하기로 그 말씀을 알아듣지 못하겠습니까. 그동안 시간이 얼마 되지 않았어도 남들이 전하는 말도 듣고 당자의 하는 말도 들어 본즉,

* 부부 사이의 화목한 즐거움.

과연 그 부친 되시는 양반의 범절이 엄준하고 규모가 대단하시
답니다. 그러나 일을 저지르기 전에 진작 알았다면 정씨 모양으
로 당장에 거절하였을 것을, 이미 엎질러진 물로 서로 마음이
합하여 이 지경이 되었사오니 개짐승 아닌 바에 그 문제를 일
으킬 수야 있습니까? 부득이하게 그대로 지내 가며 저의 금석
같이 굳은 마음만 표시하면, 그 아버지 되시는 양반인들 설마
하니 감동되시지 한결같이 거절만 하오리까. 어머니께서는 아
무 염려 마시고 가만히 계셔서 하회(下回)*나 보십시오."

　윤씨가 다시 아무 말을 못하고 동정만 보며, 장 청년이 오기
만 하면 사위 사랑 장모라고 은소반 받들 듯, 아무쪼록 몸에
편토록 입에 맞도록 지극정성을 들였다. 명화가 다정히 구는
것은 고사하고 그 장모의 지성스러운 상차림을 받는 장 청년의
마음은 점점 걱정이 태산 같아서, 입으로 발표는 못하고 살이
슬슬 내릴 지경이 한두 가지가 아니다.

　장 청년은 아래 같은 생각으로 마음이 무겁게 내려앉는다.

　외양이 번지르르한 남자로 장안에 일등 가는 기생을 사귈
뿐 아니라, 그저 욕심에 앞뒤 일을 생각지 못하고 덥뻑 같이 살
자고까지 해놓고는, 제 부모에게 융통하여 생활비 한 푼을 주

* 다음 차례. 윗사람이 회답을 내림, 또는 그런 일.

었나, 저 입고 저 가질 의복이라든지 세간 한 가지를 눈에 들게 해주었나…… 염치 좋게 명화에게 대우만 상등으로 받고, 저의 어머니까지 칙사 대접을 하듯 하는 것을 뻔들뻔들하게 받으면서 나의 인사라고는 반푼어치도 못 치르니 이런 기막힐 데가 또 어디 있나.

우리 아버지께서도 외입을 해보셨다면 이런 사정을 헤아려주실 것을, 참되고 단단하셔서 방외색(房外色)*이라고는 전혀 모르시는지라 나의 일을 듣기만 하시면 집안에 큰 변괴나 난 줄로 여기실 것이니, 이런 사정을 직접 여쭐 수도 없다. 그동안 부모 승낙도 없이 혼자서 이리저리 주선하여 돌려쓴 돈냥만 해도 알게 모르게 적지 않아 다시는 누구를 향해 입을 벌릴 수도 없으니 이런 안팎 곱사등이가 또 있나.

내 사정을 모르는 사람들은 나를 보고 부러워서,

"어, 장 아무개야말로 팔자도 좋지. 만석꾼 부자의 아들로 무엇이 부러울까. 명화가 인제는 살판났지. 그런 남편을 밥을 싸 가지고 다녀도 어디에 있어서 보겠나. 벌써 제 앞길에 꽃이 피려고 그런 남편을 만났지."

하는 말을 내 귀로도 여러 번 들었는데, 명화라든지 저의 어머니가 못 들었을 리가 있나.

---

* 자기 아내 이외의 여자와 육체관계를 맺음.

요즘 말로 붉고도 쓴 장이니 허울 좋은 한울타리니 하는 말이 꼭 내게 적당한 말이구나. 명화가 항상 하는 말이 있지.

"나는 아무 염려 마시고 당신의 공부나 열심으로 해주오. 차차 오래 지내다 보면 부모신들 설마 무슨 통촉이 계시겠지요. 지성이 지극하면 하늘도 감동한다는데, 큰 죄나 짓지 않으면 자손 사랑하시는 마음에 감동 아니 되시겠습니까."

그 말을 들을 때마다 나의 가슴이 한층 더 답답하여 숨도 쉴 수 없어지지.

그때가 명화가 열아홉이다. 비록 남편과 다름없는 사람을 만났지만 사정이 그와 같이 되어 세상에 발표를 할 수도 없고, 따라서 생활을 달리 할 방법도 없다. 그 때문에 그대로 기생 영업을 하여 시간비의 박약한 금전으로 근근 생활을 유지하며 그럭저럭 스물한 살이 되었다.

말세가 되어 그러한지, 문명이 개화되어 그러한지, 장안에서 제일 번창하는 것은 화류계였다. 기생의 권반이 비 온 뒤에 죽순같이 여기서도 나오고 저기서도 나와서 한성 권반이니 대정 권반이니 한남 권반이니 경화 권반이니, 각각 나름대로 기치를 세웠다. 각 권반에 기생이 수백 명씩 우글우글하는데, 평양 사람들이 입을 모아서 새로 권반 하나를 세웠다. 그 권반 이름은 곧 대동 권반이니 대동강이라는 의미를 취한 듯한데, 평양에서 올라온 기생을 차례로 권입하는 기회를 당한 명화는 속으로든 겉으로든 동정을 표하지 않을 수가 없어 대동 권반으로 영업을 옮겼다.

한편으로 생각해 보면, 마지못해 하는 기생질을 아무 권반에서나 하다가 기회를 보아 여염에 들어앉을 것이지, 변덕스럽고 상스럽게 이리저리 옮겨 다니는 것은 마땅치 않은 줄은 알았다. 그렇지만 내 고향 사람이 기생 권반이라는, 이 변변치 못한 사업이나마 해서 자립하려 하는 것을 남의 일 보듯 모른 척하는 것은 의리가 아니었다. 그래서 여러 동무의 권고대로 영업을 옮기기는 했으나 가슴속에 품은 포부는, 어서 하루바삐 기적(妓籍)에서 이름을 빼고 들어앉아 귀부인 노릇을 하자는 것이었다.

"여보 나리, 인제는 기생 노릇 하기가 지긋지긋하오. 된 놈 안 된 놈, 오너라 가너라, 까다로운 놈의 책망받이, 술 취한 놈의 주정받이, 사람의 오장 가지고는 더 못 견디겠소. 작년 재작년 철모를 때는 동서를 불문하고 얼싸절싸 뛰어다니느라고 이것저것 몰랐는데, 올해 들어서는 그 노릇을 하기가 죽기보다도 더 싫어서 해만 지면 어디서 부르러 오면 어찌하나 싶고, 인력거꾼의 '아씨 곕시오?' 하는 소리가 나면 가슴이 덜컥 내려앉으면서 울렁증이 생기는 것을 억지로 진정하고 다니노라니 자연

살이 슬슬 내리는구려."

강명화가 사랑하는 남편 장 청년의 가슴에 안겨 자신의 속 사정을 토로한다.

"염려 말게. 설마 평생 동안 고생하게 하겠나. 내가 자네에게 마음이 부족하여 이때까지 기생질을 하게 한 것이 아닐세. 듣던 대로 과연 우리 아버지께서 너무 엄하시니까 자식으로서 어찌할 도리가 없네. 내 마음이야 벌써부터 자네를 아주 들어 앉히고 나의 문패를 떡 붙여 아무 놈이라도 감히 자네를 다시는 성가시게 굴지 못하게 하고, 몸이 편토록 한가히 있게 하고 싶지만, 까딱 잘못해서 그 소문이 아버지 귀에라도 들어가는 날엔 마른벼락이 내릴 것이니 차마 어찌할 수가 없어 오늘날까지 온 것일세."

하며 명화의 등을 툭툭 친다. 장 청년은 명화가 하루라도 빨리 기생을 면하려는 것을 볼 때마다 온몸이 민망하여 가슴이 답답하지만, 사정이 용납지 않으니 자기 마음대로 기적에서 이름을 빼도록 시키지도 못한다.

장부 체면에 그만한 사정을 못 봐주고 무슨 낯으로 명화를 대하랴 싶은 마음이 들어 여러 차례 자기 집에서 나와 명화의 집을 향해 가다가도 돌아서기를 반복했다. 그러다가 그런 마음은 잠시 사라지고, 보고 싶은 생각이 간절하여 쇠가죽을 쓴 듯한 부끄러움을 무릅쓰고 다시 명화의 집에 들어선다.

잠깐이라도 그가 그리워 상사불망의 노래를 부르고 고대하며 기다리던 명화는 맨발로 마당에 뛰어내려 두 손길을 마주 잡고,

"왜 인제 오셔요? 어디가 편치 않으셨소? 아버님께 걱정을 들으셨소? 어디를 가셨던가요?"

하며 자기 방으로 끌고 들어가니 장 청년은 기가 막혀 아무 말도 못하다가 어설프게 대꾸한다.

"자연 볼일이 있어 그동안 못 왔더니 아마 많이 기다렸지? 나는 몸도 안 아프고 꾸지람도 안 들었으며 어디를 가지도 않았지만 못 올 일이 있어서 그리 되었다네."

의심스러운 태도로 어여쁜 눈을 깜짝깜짝하며 한참 동안이나 생각해 보는 명화는 얼굴빛이 핼쑥해졌다. 그러다가 억지로 기운을 내 웃음을 띠면서 묻는다.

"세상에 이상한 말도 다 있소. 몸이 불편치도 않으셨다며, 아버님께 꾸지람도 안 들었다며, 어디를 가지도 않으셨다며, 무슨 사정으로 못 오셨나요? 그 아니 이상하오? 그게 아니면 내가 냄새가 나서 정을 떼려고 아니 오셨나요? 그동안 새 사람을 사귀셔서 신정이 흡흡하여 못 오셨나요? 아침에 얻었다가 저녁에 잃어버릴 나 같은 천기에게 무엇이 꺼려서 바로 말씀을 안 하시나요?"

그같이 조르는 말을 들을수록 장 청년은 기가 막혀 다만 손

을 내저으며 맞받는다.

"자네가 내 마음을 이렇게 몰라주나? 털끝만큼도 내 마음이
변하였으면 내가 하늘을 두고 맹세를 하겠네만, 아마 자네 마
음이 변하여 나를 냄새도 난다 하고 새 사람도 사귀어 신정을
둘 작정인가 보구먼, 나는 그런 줄은 모르고 이렇게 왔네그려."

명화는 그 말을 듣고 깔깔 웃다가 다시 두 눈에서 눈물이 더
벅더벅 떨어지며,

"나리가 내 마음이 어떤지 아주 모르시는구려, 내 마음을
시원히 보여 드리지요."

하면서 벌떡 일어나 바느질 그릇을 뒤적뒤적해 가위를 꺼내 들
더니 서슴지 않고 삼단같이 좋은 머리채를 이리저리 갈라 잡아
흐트리니, 쪽에 꽂혔던 비녀는 가을바람에 낙엽같이 방바닥에
가 뎅겅뎅겅 떨어진다. 명화가 가위와 빗을 번쩍번쩍 놀리자
흑운같이 떨어지는 것은 그녀의 머리카락이다.

장 청년이 미처 손을 쓰지도 못한 사이에 벌써 명화는 지장
보살님 제자가 되었다.

"이 사람, 이게 웬일인가? 자네가 미쳤나? 죽으려나? 머리는
왜 이렇게 잘라 버리나?"

하며 당황하여 어쩔 줄 모르고 달려들어 가위 든 명화의 손을
붙잡으려는데, 명화는 벌써 머리를 다 자르고 쟁그랑, 가위를
방 윗목에다 집어 던진다.

평양 기생 강명화전

어이없는 광경을 눈앞에서 본 장 청년은 말문이 꽉 막혀 멀찍이 물러앉았다. 명화는 흩어진 머리를 수습도 않고 장 청년 앞으로 돌아앉으며,

"인제는 나를 의심하지 마시오. 계집의 자태는 머리가 으뜸이라 할 수 있는데 이 모양으로 머리를 깎은 년이 기생질을 다시 하겠소? 다른 남자에게 곱게 보여 신정을 얻겠소? 다시는 이 사람에게 억울한 의심을 두지 마시오. 내가 살아도 장씨 댁 사람이요, 죽어도 장씨 댁 사람이니 나를 죽이거나 살리거나 나리 처분대로 하시오."

본래도 장 청년이 명화에게 향한 마음이 데면데면한 바도 아니지만, 이날의 조처를 본즉 그 마음의 철석같음은 더욱 확실한지라 달려들어 명화를 덤벅 안으며,

"이 사람아, 이 용렬한 사람! 자네가 나를 향해 아무 까닭 없는 책망을 하기에 나 역시 농담으로 한마디 하였더니, 그 말을 그다지 곡하게 듣고 소중한 머리를 저 모양으로 잘라 버렸나! 천만 뜻밖이지 누가 단발할 줄이야 생각이나 하였나. 가위를 가져오기에 무엇을 하려는지 무심히 보았지, 이게 무슨 모양이야 남부끄럽게."

흑흑 흐느끼며 울음이 터진 명화가 장 청년의 무릎에 푹 엎드리며 울먹이는 소리로 말한다.

"제가 소견 좁은 계집이 되어 성미 나는 대로 그리했습니다.

너무 노하지 마세요. 그렇지만 핑계핑계 잘된 일로 생각합니다. 인제는 그 귀찮은 기생질도 안 할 것이요, 못된 놈이 성가시게 기웃거리는 성화도 받지 않을 테니 말이에요."

장 청년이 좋은 말로 위로하여 마음을 가라앉힌 후 서로 장래 일을 의논하는데, 사정을 모르고 있던 윤씨는 무슨 일인지 알지 못하다가 급기야 자기 딸의 단발한 모양을 보고 가슴이 덜컥 내려앉으며 정신이 아득해진다. 윤씨는 다만 입만 벙싯벙싯하고 말을 못하다가 털썩 주저앉아 명화에게 지청구를 쏟아 놓는다.

"에구 하느님! 이게 웬일이란 말이오? 이 자식아, 신체발부(身體髮膚)는 수지부모(受之父母)라는 말도 못 들었느냐? 네 마음대로 어찌 머리를 그 모양으로 잘랐느냐? 내가 네 머리를 길러 줄 때 그 바쁘고 귀찮은 때라도 너 하나를 위해 날마다 식전이면 만사 제쳐 놓고 머리를 빗겨 주어 네 머리가 흑운과 삼단같이 자라 치렁치렁하게 땋아 늘여진 것을 보면 내 마음이 그득하여 대견하기가 짝이 없었다. 나중에 머리 올린 뒤에도 다리*한 쪽지 안 들이고 탐스러운 쪽이 흑각으로 갈린 듯이 솜털 하나 없는 것을 보면 어쩌나 예쁜지 실로 꿰어 차고 싶었는데, 너는 어미가 그렇게 공들인 것은 꿈에도 생각지 않고 한 가위에

---

* 예전에, 여자들이 머리숱 많아 보이라고 덧넣었던 딴머리.

선뜻 베어 버렸단 말이냐? 이미 끊어진 것을 다시 이을 도리도 없고, 여자의 신분으로 저 꼴을 하고 어디를 나설 작정이냐?"

명화는 묵묵부답으로 고개를 푹 숙이고 앉았을 뿐이다. 윤 씨가 다시 장 청년을 돌아보며 신세 한탄을 쏟아 놓는다.

"여보 사위님, 내가 저 자식을 기를 때에 참 기막히게 기른 것이오. 고픈 배를 졸라매고 별별 고초를 다 겪으며 저 자식이 행여 배가 고플까 의복이 추울까 더울까, 지금 스물두 살이 되었어도 아직도 내 마음에는 세 살배기 어린것으로 여긴다오. 저라서 어미가 고생하는 일을 생각하고 공부를 물 쥐어 먹고 잘한 덕으로 지금 다섯 권반 기생 중 제일이라고 이름이 나서 시간비만 가지고도 얼마씩 저축까지 해가며 태평으로 생활을 꾸려 왔소. 제 마음이 부정치를 아니하여 사위님 하나를 하늘 같이 믿었지요. 사위님이 엄부 시하라 금전을 넉넉히 가져 우리 생활을 못 도와줄 줄을 잘 알던 터라, 그런 괴로운 사정은 따지지도 않은 채 연회에 불려 다녀 제 단배를 주리지 않고 태평하게 지내더니, 이제는 저 꼴이 되었으니 탑골 승방이나 두무깨 승방으로 나가서 염불밖에 할 노릇이 없게 되었소그려. 오늘부터는 제 어미 제 동생이 속절없이 굶어 죽게 되었으니 이 일을 장차 어찌하면 좋단 말이오"

명화가 그제야 저의 어머니 목을 얼싸안고 한참 울다가 흐느끼는 소리로,

"어머니, 아무 걱정 마세요. 설마하니 산 사람 입에 거미줄을 치리이까. 사람이 살게 마련이지 죽으라는 이치는 없답니다. 제가 편협한 탓으로 경망히 머리를 깎아 어머니를 놀라게 하였습니다. 어머니, 저는 불효녀올시다. 천지간에 용납지 못할 불효녀올시다. 이 불효녀로 속을 태우지 마시고, 돼지가 되거나 개가 되거나 한 손 놓고 내버려 두고 마음 상하지 마세요. 우리 도선이만 잘 가르치시면 나중에는 재미를 보십니다. 도선이는 저 같은 몹쓸 여자가 아니오라 20세기 당당한 남자 신분이니 저만 잘 배우면 위대한 인물도 될 수 있습니다."

그렇게 한편으론 어머니를 위로하고 한편으론 장 청년을 안심시킨 후 즉시 권반으로 기별하여 기안(妓案)에서 이름을 삭제시킨 다음, 수건으로 머리를 싸매고 문을 굳게 닫아걸고 바깥을 열어 보지 아니하였다.

그해에 명화의 나이 22세다. 폐업을 하고 들어앉았으니 돈 한 푼 나올 곳이 없고, 아침 밥 저녁 죽 입에 풀칠할 도리가 전혀 없으니 그 고통은 묻지 않아도 가히 추측할 것이다.

단발하던 때가 6월 복중이라. 그해 장마가 어찌나 지리하던지 비가 가로들* 듯 몇 밤 몇 낮을 퍼부었다. 그 바람에 한강에 큰 난리가 나서 이촌동 마포동막 등지의 인가가 모조리 침수

---

* 가로로 비스듬히 들다.

되어 떠내려가기도 하여 인심이 크게 소동되었다.

명화가 단발하는 모습을 보고 창연히 집으로 돌아온 장 청년은, 비가 그같이 오니 그 아버지 보는 데 무엇이라고 핑계를 대고 집 밖을 나설 말이 없어서, 명화가 고대할 것을 뻔히 짐작하면서도 조바심만 낼 뿐이다.

그렇게 마음을 진정치 못하면서 갇혀 있다시피 하다가 비가 조금 그치자 각 신문에 한강의 홍수 보도가 굉장히 크게 실렸다. 이것을 본 장 청년은, '옳다! 이제 좋은 기회를 얻었다' 하고 관창(觀漲)* 간다는 핑계를 대고 고무외투에 장화를 신고 우중행인(雨中行人)이 되었다.

종로 네거리로 올라와서 남대문을 저버리고 바로 전동으로 들어서 오매불망 기다리는 그 사람의 집을 찾아갔다.

그때가 이른 저녁이었는데 행랑하인이 하늘이 비치는 죽 두 그릇을 상에 받쳐다 놓고,

"마님, 죽 잡수십시오. 아씨도 어서 나오셔서 잡수십시오. 해가 져서 저녁때가 되었는데 이때까지 아무것도 안 잡수시고 시장하시긴들 오죽하실까."

하며 고심으로 권하다가 장 청년이 들어오는 것을 힐긋 보더니 방으로 쪼르르 들어가며 소리친다.

---

* 홍수 난 것을 구경함.

"아씨! 아씨! 나으리 오십니다. 어서 일어나십시오."

그 소리에 깜짝 놀라 일어나는 명화는 겨우 기운을 차려 마루로 나와 장 청년을 맞는다.

"비가 이렇게 오는데 어떻게 오셔요. 아마 비에 막혀서 여러 날을 못 오시나 하였는데……."

눈치가 과히 어둡지 않은 장 청년은 시량(柴糧)*이 떨어져 아침밥도 못 짓고 인제야 죽 그릇이나 쑤어 놓은 것을 짐작하고 측은하고 가엾은 마음에 가슴이 꽉 메어서 멍멍히 섰다가 간신히 대답한다.

"과연 비가 그처럼 오니 어른께 무슨 볼일이 있다고 여쭐 말이 없어 꼼짝 못하고 있다가 오늘은 관창 간다는 핑계를 대고 간신히 나왔지. 양식이 떨어져 밥도 못 짓고 인제야 죽을 쑨 모양인데, 우선 그거라도 어서 초요기(初療飢)**를 하지 왜 안 먹고 있나? 이것이 모두 다 나의 허물이니 자네 보기에 너무나 부끄럽네. 무엇보다 제일 자네 어머니께서 오죽 시장하시겠는가."

하며 건넌방을 바라보고 이른다.

"장모. 죽 쑤어 왔나 보이다. 어서 나와 좀 잡수세요."

명화가 또한 어머니를 부르며,

* 땔나무와 먹을 양식.
** 끼니를 먹기 전에 우선 시장기를 면하기 위해 음식을 조금 먹음.

"어머니, 어서 나오셔서 잡수세요. 아침을 못 짓기는 왜, 벌써 아침을 지어 먹고 이것은 별미로 또 해먹는 것이라오. 나리, 점심 안 잡수셨지요? 장국 한 그릇 사 올까요?"

하며 주머니에서 돈 50전을 내어 행랑하인을 주며 부탁한다.

"국수장국 한 그릇만 톡톡히 잘 말아 오게."

장 청년이 상을 받아 놓고 가만히 생각한즉, '돈 한 푼 나올 곳 없는 집안에 시량이 떨어져 아침에도 밥을 짓지 못한 모양인데, 틀림없이 다 잡히고 나머지 옷가지를 마저 전당포에 맡겨 저 죽을 끓여 놓고 나머지 돈푼으로 나 먹으라고 장국을 사 온 것이로구나' 하여 혼잣말로,

"어떤 심사 사나운 자가 고자질을 했는지 우리 아버지께서 내가 이 집에 다니는 것을 십분 짐작하시는 것 같더구만. 그렇지 않으면 전에 없이 나의 출입을 그처럼 엄금하실 리가 있으랴구. 출입을 마음대로 못하니 돈 한 푼 변통할 도리도 없고, 나를 하늘같이 바라고 있는 이 사람을 무엇으로 군색을 면케 하여 주나."

하며 명화가 굶은 채 앉았는 것이 기가 막혀, 우선 자기 먹으라는 장국을 좀 먹여 볼 요량으로 젓가락을 들어 국수를 두어 번 집어 먹다가 명화에게,

"점심 먹은 지가 얼마 안 되니까 배가 불러 먹을 수가 있어야지. 이리 오게. 나와 같이 먹세."

하고 권하자, 어떻게든 그 남편에게 장국을 권하려는 명화도,

"어서 잡수셔요. 별스럽게 굴지 마시고. 나도 먹은 지 얼마 안 되어 배가 부른데요."

하며 사양한다.

장 청년은 혼자는 안 먹는다 하고, 명화는 배불러 못 먹겠으니 어서 잡수시라 하면서 장국 한 그릇을 놓고 차담상이나 받은 듯이 서로 미루고 먹지 않는다. 이때 주인이 시장할 것을 짐작하여 한없이 안타깝게 여기는 행랑어멈이 끼어든다.

"어서 두 분이 같이 잡수셔요. 국이 다 식습니다. 아씨께서는 엊저녁도 변변치 못하게 잡숫고 이때까지 빈속으로 계신데 왜 안 잡수셔요?"

그 말 들은 장 청년은 그대가 안 먹으면 나도 안 먹는다는 문제로 더 간곡하게 권하니 명화가 마지못해 함께 먹는 체하였다.

상을 물리기 전에 장 청년은 앞으로 진행해 갈 일 한 가지를 연구하여 비밀스럽게 명화와 의논을 하였으니, 그 의논한 일은 북벌이나 남벌을 하러 가자는 것이 아니라 명화와 떨어져 살지 말고 문명한 천지에 우리 두 사람이 지식 계급이 되자는 계책이다.

"나는 자네더러 꼭 할 말이 있는데 자네 의향이 어떨지는 모르겠네."

"무슨 말씀이세요?"

"우리 둘의 일을 반쯤 짐작하시는 우리 아버지께서는 근래에 단속이 너무 엄절하시고 부모 허락 없이 내 스스로 돈 한 푼 변통할 도리가 없으니, 하루 이틀도 아니고 사람이 어찌 굶고 살며 벗고 살겠나. 만일 이 모양으로 계속 지내다가는 우선 자네부터 말라 죽겠네."

"너무 걱정 마세요. 병환 나시겠어요. 나 같은 초로인생은 생각지 마시고 어른께 걱정 안 들으시도록 출입도 마시고 내 생각도 마세요. 나에 대한 염려는 조금도 마시고 이럭저럭 견디다가 죽든지 살든지 하지요. 내가 이 말씀 한다고 또 무슨 딴 마음을 품고 저러거니 하시는 의심은 행여 마세요. 내가 비록 천기 출신이지만 한번 먹은 마음은 죽으면 죽었지 변할 리 만무하니까요."

"부질없는 말 두 번도 말고 내 말 한마디 들어 보게. 우리가 이곳에 있어서는 아무 일도 아니 될 것이니, 우리 둘이 함께 동경으로 가서 집 한 칸을 얻어 우리 손으로 직접 끓여 먹어 가며 나는 남학교에 가 공부하고 자네는 여학교에 가 공부를 한 후 그다음의 후사는 다시 방도를 내보는 것이 어떠한가?"

"그 말씀 좋소. 나의 평생소원이 공부 좀 해보았으면 하는 일이오. 그리하실 도리만 있으면 오늘이라도 떠납시다. 그곳에 가서 살아갈 생활비는 고사하고 우선 몇백 원은 있어야 여비를 할 테니 그 주선은 하시겠소?"

"글쎄, 그 한 가지가 걱정이 되어 지금 생각해 보는 중일세. 여비만 변통되면 당장이라도 여행권을 마련해 볼 터인데……."

"그리하실 것 없소. 내가 다시 화류계를 나가지 않을 바에야 몸치장하는 장신구며 패물은 두었다 무엇하겠소. 내게 있는 것이 변변치는 못하나 금비녀 귀이개가 두어 벌 되고, 오두잠* 섭옥잠** 금반지 보석 반지 등속을 팔게 되면 헐값일지라도 기백 원 이상은 넘게 받을 테니 여비 걱정은 마시고 여행권이나 내시도록 주선하시되, 나의 여행권은 상해로 내시고 나리 여행권은 동경으로 내세요."

"그리만 하면 소문이 난대도 우리 둘이 함께 가는 것은 아무도 모르게 되겠네. 그렇지만 나는 남자니까 혼자라도 가기가 넉넉하지만 자네는 혈혈단신 여자로서 어찌 타국 길을 떠나간단 말인가?"

"나는 내 오라비 도선이와 함께 가겠습니다. 나의 부모 슬하에 다만 우리 남매뿐인데 나 같은 것은 여자니까 출가외인 되면 그만이지만, 도선이로 말하면 우리집 동량인데 소위 보통학교 졸업은 하였다 해도 불가불 고등 지식을 넣어 주어야 하지 않겠소. 지금 다니는 동양학교로 말하면 그 수준에는 아직 못

---

* 부인들이 보통 때에 꽂던, 꼭대기의 한편을 턱지게 만든 비녀.
** 대가리에 구멍을 뚫어 여러 가지 모양을 새긴 옥비녀.

평양 기생 강명화전

미치니 나도 동행 겸 의지 겸 도선이를 데리고 가서 동경 어느 학교에든지 보내어 고등 학문을 배우게 하겠소."

"옳지. 그 말이 맞다. 그러나 내가 어엿하게 한 가지도 해주지 못하고 자네가 알뜰살뜰히 모아 간신히 장만한 장신구며 패물을 어찌 팔아 여비를 한단 말인가?"

"부부 사이에 네 것 내 것이 어디 있습니까. 나리가 장만해 주셨든지 내가 스스로 장만했든지 그 분별이 왜 있어요? 나중에 그 갑절이라도 장만해 주시구려."

하고 즉시 패물 거간을 불러 여러 가지를 내주어 되는대로 얼른 팔아 오라 부탁하였다. 장 청년은 그길로 아무아무개를 찾아보고 사정을 말하여 여행권을 상해와 동경으로 나누어 구입했다.

시대 풍조가 날로 변하여 청년의 사상이 이전처럼 졸렬하지 않았다. 불쾌한 일을 보든지 정당치 않은 사람을 보면, 결코 그대로 지나치지 않는 것이 도처에 유행이 되었다. 동경 각 학교에 유학하는 조선 청년 수십 명이 함께 합심을 하여 어떤 곳에서 기숙하는 남녀 두 학생을 불러 놓고 한바탕 큰 풍파를 일으키니, 그 풍파를 당하는 남녀 학생은 곧 누구인가. 남자는 장병천이요 여자는 강명화다.

두 사람이 조선을 떠나 동경으로 올 때는 음력으로 7월 중

순경이었다. 명화 남매는 상해로 여행권을 내고 장 청년은 동경으로 여행권을 내어 비밀리에 길을 떠나 부산에 가서야 함께 기선을 타고 현해탄을 건넜다.

어느 해를 물론하고 음력 7월경이면 무역풍이 불어 뱃길에 다니기가 불편한 것이 예사다. 그런데 이해에는 바람이 불어도 유난히 더하여 태산 같은 물결이 흉흉히 일어나며 큰 기선도 헌 키 까불 듯 요동을 쳤다. 비단 여행객만 정신을 잃을 지경이 아니라 함장까지도 두서를 못 차려 땀을 흘리며 애를 무한히 쓴다. 수로를 육로보다도 더 익숙하게 넘나들던 사람들도 무섬증이 생겨 숨도 못 쉬고 벌벌 떨고 있거늘, 하물며 장씨 일행이야 말할 것도 없었다. 평생 처음 기선을 타본 명화로 말하면, 남자도 아니요 연약한 여자라 쓸개즙까지 와락 토하며 거의 다 죽게 되었었다.

천행으로 배가 시모노세키에 닿았고, 간신히 상륙한 일행은 바로 동경으로 와서 처음 세웠던 계획과 같이 아사쿠사에 집한 칸 세를 얻어 자취를 해 먹으며 각각 학교에를 입학하였다. 그리고는 장 청년이 자기 부친에게 동경으로 유학 온 사유를 편지로 써서 올리고 학비를 매달 지불해 달라고 하였다.

그 아버지 되는 자는 완고하게 상투를 꼿꼿이 틀고 있는 양반이라, 집에 선생을 두고 그 아들 학문 공부시키는 것이 신학문 배우는 것보다 몇 배는 나은 줄 안다. 그러는 중, 근래 경박

한 학생들의 과격한 행동이 종종 있는 것을 보고 학교 공부라면 신기하게 여기지 않던 차에, 관창 간다던 병천이가 며칠을 간 곳이 없더니 뜻밖에 체전부가 편지 한 장을 전한다. 뜯어보니 곧 자기 아들이 동경에 가 있으면서 부친 편지다. 편지에 청구한 것을 그대로 응하지 않고 우선 정탐을 놓아 누구와 동행한 것인지 수소문한다.

이는 다름 아니라 최근에 병천의 행동이 수상하던 중, 소문으로 들은즉 어떠한 기생에게 홀려서 자주 왕래한다 하므로, 부형 된 마음에 행여나 내 자식이 부랑한 지경에 이를까 염려하던 참이었다.

마침 정탐자의 보고를 듣건대, 혼자 여행한 것이 분명한지라 비로소 학비를 대어 줄 의향이 생겼다. 아직 뜻을 세우지 못한 학생으로 학비가 넉넉하면 부랑한 생각을 떠올리기가 십중팔구라 생각하여 근근이 한 사람 지내 갈 만치 매달 30원을 대어 주기로 하였다.

그런데, 자고로 남의 말 하기를 좋아하는 사람이 없지 아니하여 장 청년이 명화와 동경에 가서 동거한다는 일을 생업 삼아 탐지해 그 부친에게 빠짐없이 고한 자가 있었다. 그 말을 들은 부친은 매달 30원도 안 부쳐 주고 준엄한 편지로 병천에게 하루바삐 들어오도록 재촉했다.

장 청년은 그나마 학비 한 푼 없어 고학할 요량으로 신문 배

달부를 하려고 했다. 그 남편의 노동을 하려는 양을 본 명화도
자기 어머니에게 편지를 부쳤다.

불초여식은 두어 말씀을 어머님 앞에 올립니다. 제가 어리석
고 못나 남은 날이 단축하여 가는 어머님 슬하를 허둥지둥 떠
나온 지 이미 수개월 되오니, 좌우에 어머니를 시봉할 자식 없
사온데 어찌 마음을 진정하옵시는지, 멀리 떠나 생각할수록
죄스럽고 민망하여 천지간에 용납지 못할 듯하옵니다.
다름 아니오라 만 리 절역(絶域)*을 수레 없으면 어찌 득달하
오며 망망대해를 배 곧 없으면 어찌 건너오리까. 저희 내외와
도선 세 식구가 산수생소(山水生疏)한 이역에 와 있어 아직 몸
들은 별고 없사오나 중도에 여비가 절핍해 와 목전에 아사가
박두하오니, 저 같은 불초여식은 열이 없어져도 관계할 바 없
거니와 당당하신 사부 댁 귀한 아들인 저의 남편과 우리집 동
량인 도선이 곤경에 빠져 있는 생각을 하오면 어찌 하늘이 깜
깜하고 모골이 부서질 바가 아니오리까.
감히 여쭙나니 어머니시여, 이 편지를 보시는 즉시 경성 집을
팔고 집안 세간살이와 부엌살림 등속도 전부 신속히 방매하
여 은행에 맡겨 두고, 매달 학비를 보내 주십시오. 그리고 어

* 멀리 떨어져 있는 다른 나라.

머님께서는 평양 집으로 내려가 겸이포(兼二浦)에 가셔서 약
상 영업하시는 아버님을 집으로 들어오시라 하여 몇 해간 생
활하시면 저희 남매가 졸업하고 귀국하는 날 다시 경성 살림
을 배치하도록 하옵소서.

불초여식의 말씀을 범연히 여기시사 잠시 아까운 마음을 버
리시고 소청대로 굽어 좇으시기를 엎드려 바라나이다. 다시
한 말씀 드리오면, 어머님 기체후 길이 만강하옵시기를 두 손
들어 하느님께 발원하나이다.

이 편지를 본 그 어머니는 급히 집 거간꾼을 대어 집을 팔고
한편으로는 집안 살림을 고물상에게 팔아 챙겨 우선 학비를
부쳐 주었다. 평양으로 내려가며 자기 딸에게 답장한 편지는
아래와 같다.

잠들기 전 못 잊히는 우리 딸아기여. 너를 생각할 때마다 얼
굴은 얼른 못 보더라도 제 손으로 쓴 편지나 좀 보았으면 하여
날로 기다리고 시로 기다렸는데, 마침내 네 글씨를 받아 보니
반가운 마음보다 측은한 마음이 앞서는구나.

그러나 이역 객중에 네 몸 잘 있고 너의 나리 안녕하시며 도선
이도 무탈한 일, 우리집에 그만 경사가 다시없는 줄로 여긴다.

어미는 근근이 부지하며 생활한다. 너의 아버지는 집에 안 계

시고, 과부년 모양으로 안팎일을 혼자 감당하여 지내는 것은 굳이 말 안 해도 네가 족히 알 것이다. 너의 일행이 객지에서 고생한다는 말을 들으니 나의 뼈가 부서지는 듯 두서없는 중, 너의 소청대로 일일이 처치하고 학비를 우선 다음 달치까지 보내니 추심하여라. 너의 규모는 어미가 항상 탄복하던 바이니까 다시 부탁할 바는 없다. 다만 아무쪼록 절제하고 또 절제하면서 공부를 끝까지 잘 하도록 하여라.

어미는 이제 평양으로 내려가, 친정 같고 흉허물 없는 우리 고향에서 몸 편히 잘 있을 것이니 아무것도 염려하지 말아라.

너의 나리 본댁에서는 너무 야박지 않으시냐. 나같이 무식한 사람은 알 수 없는 바이로다.

쉬이 또 편지 부치겠기에 두어 줄뿐으로 그친다.

그 가옥 그 세간을 윤씨가 평양에서 머리에 똬리 받쳐 이고 올라온 것은 아니지만, 명화가 잘 잠을 못다 자고 풍우한서(風雨寒暑)에 괴로움을 무릅쓰고 1원, 2원 벌어들인 것을 허리띠를 졸라매며 티끌 모아 태산으로 모은 것이다.

자기 딸이 남편을 만났으니, 다른 기생 아이들이 남편 만나 들어갈 때 으레 부모의 생활비로 몇천 원씩 주고 집 살림을 떡 벌어지게 따로 차려, 서슬 있고 세력 있어 남 보기에 으리으리 하듯이는 못할지언정 대관절 이게 무슨 꼴인가?

장씨가 조선에 몇째 안 가는 부자라 하니 설마 자기 자식을 고생시키고 굶기랴 하여 태산같이 믿고 은소반 받드는 듯한 마음뿐이었는데, 동경 객지에서 자기 집에서는 학비를 한 푼도 못 얻어 쓰고 도리어 이 피 맺히고 눈물 모인 돈으로 학비를 당하고 지낼 줄이야 어찌 꿈에서나 뜻했을까.

남자도 아니요 여자의 마음에 그 집, 그 세간 없애는 것이 아깝고 원통하지 않을 리가 있을까. 하지만 윤씨 마음에는 자기 딸을 위하는 동시에 장 청년을 한층 더 위하는 마음이 있어서 아까운 것이 도무지 없었다.

일본 각지에 있는 조선 학생이 각기 정도를 따라서 대학에도 입학하고 전문에도 입학하며 심지어 강습소까지 다니는 사람이 수천 명이나 되는데, 이중에 성미가 안온한 사람이 있고 과격한 사람도 있으며, 규모가 활발한 사람도 있고 옹졸한 사람도 있을 것이다. 그중 과격하고 활발한 사람들이 뭉쳐서 공원에 산보를 간다, 해안에 소풍을 간다, 소문을 서로 전하여 신문 잡보를 안 보아도 모를 것이 없다. 김 학도, 이 학도가 피차 무슨 이야기를 잠깐 하더니 이 친구, 저 친구를 보는 대로 그 말을 전하여 떼를 지어 분주히 어딘가로 몰려간다.

경찰에서는 최근 들어 떼를 지어 몰려다니는 학생들을 매우 주목하고, 유식 계급에서는 예사롭지 않게 염려한다. 신분이 불명예스러운 사람은 사자·호랑이보다도 더 두려운 것이 학생들이다. 학생들이 예전과 달리 과격해져 폭행을 자주 벌이기 때문이다.

용 같고 호랑이 같은 수십 명의 학생이 눈을 부라리고 팔을 뽐내며 어떤 젊은 남녀를 둘러쌌다. 으박지르는 소리가 하늘을 찌르고 욕설이 한꺼번에 쏟아진다.

"이 자식, 이 씨 못 받을 자식! 눈이 있거든 우리를 좀 봐라. 우리는 타국에 와 근근이 입에 풀칠하며 고학을 하는데, 너는 조선 갑부의 자식으로 교육계에는 한 푼 보조가 없고 기생첩 데리고 유학을 하러 와 있어? 이 자식, 유학하는 놈이 기생첩이 당키나 하냐? 너 같은 놈 때문에 우리 유학생계에 더러운 욕이 미쳐 오겠다. 이런 부랑자 학생은 하루바삐 묶어다가 태평양 바다에다 띄워 버려야 우리 유학생계가 청결해지겠다!"

"이년, 이 요망하고 방정맞은 계집년아! 너도 사람이거든 말을 들거라. 네가 평양 계집으로 기생질을 하여 생활하는 터이나, 그러나 너도 사람 년인데 이 세상에 어떤 놈을 못 홀려 먹어서 앞날이 만 리 같은 남의 집 청년을 홀려 청정한 우리 유학계를 더럽히려고 가장을 하여 여학생인 체하느냐? 너 같은 인종을 그대로 이 세상에 두었다가는 저놈과 같은 자가 몇십 몇백 명이 생길지 모르겠다."

하며 "그놈 밟아라! 그년 때려라!" 하여 당장 아수라장이 될 분위기다. 곤란을 당하는 남녀는 곧 장병천과 강명화다. 장 청년은 기가 차서 말 한마디 못하고 묵묵히 앉았는데, 명화는 선뜻 일어나 식도를 들고 여러 학생을 대하여 말을 한다.

"여러분은 잠시 분노를 가라앉히시고 좁은 여자의 말이나마 잠시 들어 주시기를 바랍니다. 오늘날 여러분께서 우리 두 사람에게 하시는 말씀, 과연 정당한 꾸지람으로 압니다. 그런데 나의 가장 되시는 장병천 씨로 말씀드리면 상당한 자격을 갖춘 조선의 청년이시올시다. 사상과 지식이 유달리 뛰어날 수는 없으나 누구를 막론하고 같은 연배라면 가히 멍에를 나란히 지고 나아갈 신분으로 여러분의 좋은 친구가 될 것입니다. 불행히 나 같은 천기 출신을 가까이하신 것이 한 가지 흠결이 되어 여러분들에게 이같이 핍박을 당하는 것이나, 그러나 여러분은 잠시 분노를 그치시고 이 사람의 원정을 살펴십시오."

명화는 다음 말을 이었다.

"일처일첩(一妻一妾)은 조선 유래로 있어 온 관습 중 하나라, 사람마다 집집마다 문견에 젖고 습관에 매인 배처럼 되어 쉽게 그 풍속을 쓸어 없애기 어렵습니다. 우리 내외로 말씀드리면 역시 그 풍속에 매인 두 사람이 되어 불행히 신풍조를 깨닫지 못하였습니다. 처음에 깨닫지 못한 일을 지금 와서 고치자 하면 이미 정한 내외의 큰 인륜을 파괴하여 금수의 행위를 면치 못하오니, 이 죄는 차라리 옛 습관대로 지내는 것만 같지 못합니다. 사람 가운데 누가 허물이 없겠습니까. 고치면 착한 이 된다 하니 이 몸이 비록 예전에는 문간에서 웃음이나 팔던 천기였으나 지금 와서는 한결같은 결심으로 지조를 지키어 해골을 장씨 댁 문하에 누이고자 합니다. 여러분이 나의 말을 믿지 않으시거든 이것을 보시오."

하며 손에 들었던 식도를 번쩍 들어 제 손가락을 탁 친다. 순식간에 선혈이 낭자하게 흥건해지며 손가락 토막이 땅에 떨어져 펄떡펄떡 뛰논다.

"내 몸이 이 손가락과 같이 동강이 날지언정 우리 남편을 떠나지는 못할 것이니 여러분은 깊이 생각하십시오. 무정한 핍박을 계속하여 나의 생명까지 이 손가락 모양으로 끊어지는 것을 보시든지, 아니면 십분 용서하셔서 우리 내외를 다시 핍박하지 않고 이 버러지 같은 인생으로 하여금 목적을 관철토록 하시든지, 둘 중 주저 마시고 단행하옵소서."

뼈에 사무치는 슬픈 하소연과 손가락 끊는 끔찍한 광경을 당장 눈앞에서 본 수십 명의 학생들은 일시에 달려들어 혹 누님이라고도 부르고 혹 아주머니라고도 부르며 다가들었다.

"우리가 오해했소. 우리는 부랑자와 매음녀를 철저히 통분하던 중이라 당신 내외가 이곳에 와 있는 광경을 보고, 부자의 자식으로 공익에는 뜻이 없고 기첩을 데리고 이곳까지 와서는 남부끄러운 줄도 모르고 더러운 행동을 하거니 생각했소. 우리가 결의하기를, 그까짓 것들을 살려 둔대도 우리 사회에 조금도 유익함이 없고 다른 청년에게까지 물이 들까 염려가 돼 진작에 종처(腫處)*에 굳은살 베어 버리듯 하리라 하였습니다. 지금 당신의 말과 행동을 보니 참으로 감탄할 일이오. 우리는 다시 아무 말도 안 하고 돌아갈 테니 염려 말고 내외분이 공부나 잘 하여 우리 조선 민족 중 유망한 인물들이 되시오.”

그 학생들이 돌아간 후로 겨우 귀찮게 말하는 사람이 없을까 하였더니, 속담에 조약돌을 면하면 큰 박석을 만난다고, 이전에 겪은 일보다 몇 배 되는 핍박이 또 생긴다.

동경의 아사쿠사 구는 조선 유학생이 제일 많이 있는 곳이요, 그곳의 유학생들이 서늘한 곳을 찾아 산보하는 곳이 우에노 공원이다. 나뭇잎은 단풍이 들어 가지가지 붉은빛 공단을 걸어 놓은 듯하고, 여기저기 국화송이는 오색이 찬란하여 눈이 부신다. 남자는 옥 같고 여자는 꽃 같은 두 사람이 손목을 이끌고 공원으로 올라와 연못가 태호석 아래에 마주 걸터앉아 과거사와 미래사를 일변 처량하게도 하고 일변 재미있게도 이야기한다.

“나리, 이왕 지나간 일은 고생하며 지냈든 즐겁게 지냈든 일

---

* 부스럼이 난 자리. 사회생활이나 어떤 분야에서 건전하지 못하고 썩은 부분을 비유적으로 이른다.

장춘몽으로 돌려보내려니와, 앞으로 오는 세월은 장차 어찌 지낸단 말씀이오? 시댁에서는 갈수록 심하게 반대를 하셔서 돈 한 푼 대어 주시지 않고 나의 친정에서는 본래 적빈한 가세라 그동안 변변치 않게 보낸 학비로 재산이 모두 털려서 응당 파산을 하였을 것인즉, 앞으로는 푼돈이라도 나올 곳이 없으니 꼼짝없이 죽기만을 기다릴 뿐 다른 방도가 없지 아니하오?"

이렇게 말하는 여자의 얼굴을 물끄러미 보던 남자는 고개를 숙이고 한참 동안 묵묵히 있다가 큰 꾀나 생각한 듯이,

"참 부끄러운 말일세. 남부럽지 않을 만한 부호의 무녀독자가 학비 한 푼 주선 못하고, 그 천신만고로 장만한 자네의 친가 재산까지 탕진하게 만들었으니, 내가 쇠가죽을 무릅써야 낫지 사람의 얼굴을 들고서는 남을 대할 수 없네. 그렇지만 사람이 살라는 법은 있어도 아주 죽으라는 법은 없네. 아직까지는 내가 신문 배달부를 다니면서 세 식구가 호구를 하며 공부를 하다가, 하느님 덕분에 우리 아버지께서 곧 회심하셔서 학비를 대어 주면 마침내 고생을 면할 것이오. 만일 끝끝내 모른체하시면 졸업할 때까지 고학을 할 수밖에 별다른 도리가 없네. 고학을 해서라도 우리 둘이 졸업만 하게 되면 그때 가서는 하다못해 교사질을 해먹기로 설마 자유로운 좋은 세상을 못 보겠나."

이렇게 대답하는 남자의 말을 듣던 여자는 무슨 말을 또 하

려다가 나오는 말을 중지하고 왼편에 섰는 단풍나무 수풀 쪽으로 귀를 기울인다. 한참 동안 무슨 소리를 듣더니 가만히 일어나서 사뿐사뿐 걸어 몇 걸음을 단풍나무 사이로 돌아가 숨도 크게 못 쉬고 서서 엿듣는다.

그 광경을 보고 앉았던 남자 역시 영문을 몰라서 가만가만 여자의 등 뒤로 따라간다. 과연 사람의 음성이 겨우 알아들을 만치 나는데, 연이어 자기의 이름 석 자가 오르내린다. 대체 누구길래 장병천의 이름을 부르며 말하는가? 의심이 날 수밖에 없다.

장 청년이 남자의 냅뜰기운*으로 와락 나아가 물어보려는데 명화가 장 청년의 소맷자락을 급히 뒤로 잡아당긴다.

"왜 이러시오? 어디를 가시려고. 큰일 났소이다. 자세히 좀 들어 보시오."

장 청년이 마지못해 주춤거리며 섰다. 자세히 들어 보니 자기 내외 두 사람을 죽여 없애자는 비밀 공론이 분명하다.

"허, 기가 막힌다. 우리가 무슨 죄를 지었기에 저 사람들이 죽이려고 의논을 하노?"

하며 다시 들어 보니 한 사람이 묻는다.

"여보시오. 며칠 전 전문과에 다니는 학생들이 참말 장가를

---

* 냅뜰힘 : 기운차게 남을 앞질러 나서는 힘.

찾아 수죄(受罪)를 하다가 요망스러운 명화가 손가락을 끊는 바람에 굴복을 하고 헤어졌다는 말이 과연 거짓이 아니오?"

그러자 한 사람이 대답한다.

"참말이고말고. 나도 그때 함께 갔다가 그 광경을 보았는걸. 형들이 못 보았으니 말이지, 아무라도 당장 선지피가 뚝뚝 떨어지는 손을 들고 오장에서 우러나오는 말로 애원하는 사정과 철석같은 지조를 조금도 꾸밈없이 이실직고하는 모습을 보고서 감동이 안 될 리가 없겠데."

그중 험상궂은 사람이 목청을 높여 질타하는 음성으로 말한다.

"별별 못생긴 놈의 수작들 그만두어라. 기생첩을 데리고 와서 공부를 하거나 말거나 내버려 두려면 모르거니와 기왕에 그 연놈의 소행을 통탄히 여겨 본보기를 내러 갔으면 끝장을 보아야지. 그까짓 요사한 계집년이 꾸며 대는 사정의 말에 미혹하여 아주머니니 누님이니 하며 도리어 굴복하고 돌아갔단 말인가! 아따 그 계집년 정말 악독하네. 제 손가락 아픈 줄도 모르고 탁 자르게. 그년이 친환(親患)*이 있던가, 단지(斷指)를 하게! 손가락 말고 발가락을 끊었기로 제 살만 아프지 무슨 일이 있더란 말이야!"

---

* 부모의 병환. 예전에, 가족의 병이 위중할 때에, 그 병을 낫게 하기 위하여 피를 내어 먹이려고 자기 손가락을 자르거나 깨물었다.

그 말에 격동된 여러 사람들은 일시에 뜻을 모으고 나자 한 사람이 제의한다.

"지금도 그 연놈 죽이려면 늦지 않았다. 말이 난 김에 당장 우리가 함께 가서 그 연놈을 육혈포*로 쏘아 죽여 바닷물에 띄워 버리자. 육혈포는 내가 얻어 올 것이니 누가 앞서려느냐?"

육혈포는 내가 구해 가지고 간다는 그 사람의 말이 뚝 떨어지자 여러 사람이 이구동성으로 말하며 의기투합한다.

"옳다! 그까짓 놈. 그놈의 아비가 조선의 몇 안 되는 부자로 공익은 도무지 않고 인색하기로 한 바리에 실을 사람이 없다는데, 자식 놈은 어린것이 소위 학생이라며 천한 평양 기생을 첩으로 삼아 데리고 이곳까지 와서 공부를 하느니 마느니 하네! 그따위 놈은 우리 교육계의 큰 악마요 요물이라 진작에 흔적을 없애는 것이 우리의 당연한 사업이다. 시간 끌 것도 없이 이 길로 바로 가서 결단을 내버리자! 내가 앞장설 것이니 육혈포나 가져와라."

그러자 다른 한 사람이 만류하는 말이다.

"아니야. 아무리 급해도 지금 가서는 안 된다. 오늘이 일요일이니까 그 연놈이 필연 제 처소에 들어 있지 않고 산보 나갔기가 십중팔구인데, 만일 나가고 없으면 우리의 행색만 발각되기

---

* 탄알을 재는 구멍이 여섯 개 있는 권총.

쉽다. 오늘 밤 새벽 1시 저들이 곤히 잠들었을 때에 우리 가서 쥐 잡듯 해버리자. 그까짓 버러지만도 못한 것들을 살려 두어 무엇하나. 우리 청년계에 장애물만 되지 아무 소용 없는 것들을."

귀를 기울이고 듣던 명화는 소스라치게 놀라서 얼굴빛이 노래지며 장 청년을 돌아보고,

"에구 나리, 큰일 났소! 이 일을 어찌하면 좋단 말이오? 우리가 미리 기회를 보아 먼저 행동하지 않으면 비명횡사로 이역에서 고혼이 될 것이니 지금 당장 비밀리에 떠나서 고향으로 돌아가는 것이 상책일까 보오."

하는 말에 장 청년 역시 학생들의 지껄이는 소리를 들은지라 눈이 둥그레져 얼떨떨한 모양으로,

"공부도 공부려니와 생명이 위태하니까 도주하는 것이 당연하지. 어영부영 시간을 끌면 고국도 다시 못 보고 객귀가 되고 말 것이니 어서 급히 떠나자!"

하고 도선을 처소로 보내 우선 행구를 수습해 비밀리에 세 사람이 길을 떠났다. 학비로 쓰려던 약간의 금전을 여비로 하여 현해탄을 건너 부산 항구에 상륙했다.

상륙하기 전 기선에 앉아 멀리 조선 산천을 바라보며 명화는 아래와 같은 감상에 젖었다.

"저기 멀리 보이는 산이 우리 고향인 조선 땅이 아닌가. 해

륙을 멀게 여기지 않고 연약한 여자의 신분으로 산수가 생소한 동경까지 가서 백 가지 고초를 두루 겪더라도 아무쪼록 상당한 교육을 받아 문명 시대에 가치 있는 인물이 되고자 하였더니, 그 역시 조물주의 시기로 뜻을 이루지 못하고 근근이 한 오라기 쇠약한 목숨으로 도주하여 오는구나. 나같이 벌레만도 못한 천기 신분이야 백번 죽어도 아깝지 않지만, 우리 백년 가장 장병천 씨로 말하면 부귀재상가 무매독자요. 인격이 출중하여 국가에나 사회에나 한 모퉁이 단단히 쓰일 만한 인물인데, 이 팔자 기구한 년으로 인하여 하마터면 큰 변괴를 당하실 뻔하였지. 고국 산천을 바라보니 악마의 굴을 벗어난 일은 상쾌하나, 지리한 고생을 다시 또 어찌할꼬 하는 마음이 와락 생겨서 반가운 마음이 천리만리 어디로 가는지 알 길이 없구나."

도착하는 길로 남대문행 기차를 탔으면 지체 없이 경성으로 올라오겠지만, 생각 많은 두 내외는 서로 의논해 여관을 정하고 들어 그날 밤을 부산항에서 누워 자게 되었다.

번화하다면 번화하고 복잡하다면 복잡한 부산항 어떤 여관 으슥한 방에 6촉 전등 불빛이 희미한데 젊은 내외 두 사람이 마주 앉았다. 얼굴에 근심 빛이 가득하여 밤 깊어 가는 줄을 깨닫지 못하고 이런저런 이야기를 지리하게 나누었다.

두 내외가 장차 앞으로 지내 갈 의논을 하는데 그 이웃 방에서 드르렁드르렁 코를 골면서 아무것도 알지 못하고 곤히 자는 것은 그 남동생 강도선이다.

명화가 창문을 탁탁 치면서,

"얘 도선아, 얘 도선아!"

하고 부른다.

"얘, 저번에 어머니께서 보내신 편지 어디 있니?"

도선은 잠을 겨우 깨어 눈을 이리저리 비비며 심드렁하게 대꾸한다.

"갑자기 편지는 왜 찾으세요? 가방 속에 두었지 어디 있겠어요."

"어머니가 계신 평양 집 번지를 좀 보려고 그런다. 네가 기억하겠니?"

"알아요. 평양부 계리구 17번지의 1호예요."

"그러면 찾을 것도 없다. 분명 똑똑히 그렇지?"

"그렇다니까요. 왜 그러세요?"

도선이는 도로 쓰러져 자고, 명화는 여전히 장 청년을 대하여 온갖 말을 모두 꺼낸다.

"나으리, 말씀 들으시오. 우리 일을 이미 큰사랑에서 들어 훤히 아시는데 어른을 끝끝내 기망할 것이 무엇이겠소만, 성미가 하도 엄하시니까 어렵지 않소. 이제 나는 우리 어머니 계신 평양으로 가 있고 나리께서는 경성 댁으로 들어가셔서 아버님 슬하에 있다가 차차 어른의 용납하시는 뜻을 얻어 우리 둘이 다시 모여 사는 것이 어떠할까요? 그렇지 않으면 객지에서 돈 한 푼 수중에 없고, 돌아오는 것은 욕밖에 없으니 아무리 생각해도 별도리가 없을 듯합니다."

"그럴 수 있나! 우리 아버지 성미에 날 보시면 곧 반쯤은 죽여 놓으실 것이오. 그뿐 아니라 한 걸음도 마음대로 못 나가게 잔뜩 구금을 하실 것이니, 나는 차라리 객지에서 죽을지언정 집으로는 못 들어가겠네. 저번 편지에도 생전 내 눈앞에 보이지 말아야지 만일 눈에 띄었다가는 죽고 살아남지 못하리라 하신 것을 자네도 뻔히 보고서 그런 말을 하나?"

"그러면 이 일을 앞으로 어찌하면 좋단 말씀이오? 만리타향에서 간신히 죽을 지경을 면하고 고국이라고 돌아와도 갈 곳이 없은즉, 조금 있으면 별수 없이 죽는 것밖에 도리가 없구려."

한숨을 쉬던 명화가 별안간 좋은 방도가 생각났다는 듯이 말을 꺼낸다.

"가만히 계시오. 그러면 한 가지 좋은 수가 있소. 나으리께서는 우선 아무 데나 피신을 하여 계시고, 내가 머리를 도끼 삼아 먼저 댁으로 들어가 보겠소. 남의 이야기를 들어 봐도 정실 며느리나 첩 며느리나 같지 않소. 아들 소행은 괘씸해도 며느리는 하나같이 사랑스럽다고 합니다. 당신이 시아버님 체면으로 설마 내쫓기야 하시겠소."

"그 말이 그럴듯하오. 나는 평양 자네 친정으로 가서 흔적

없이 있을 것이니 자네는 우리집으로 들어가 상황을 보게."

이튿날 기차를 타고 장 청년은 바로 평양부 계리 윤씨에게로 가고, 명화는 남문역에서 내려 인력거를 타고 바로 동구 안 장씨 댁으로 들어갔다.

장 청년의 아버지는 범절이 단정하고 규모가 특별하여 평생에 일언일동을 낭패로 한 적이 없는 인물이다. 자기 아들이 화류계에 출입하는 것을 절대적으로 금하니, 틈틈이 눈을 속이고 강명화와 신정을 맺어 거리낌 없이 오고 가다가 어른의 금단함을 못마땅하게 여겨 동경으로 유학 간다 빙자하고 명화를 데리고 간 전후 사정을 일일이 탐문하였다. 그리하여 분심이 탱중하던 중에, 제가 학비만 대어 주지 않으면 자연 명화와 동거하지 못하고 귀국하려니 하여 돈 한 푼 대어 주지를 않고 날마다 꾸짖는 편지만 부쳤다. 그 후 삼사 개월이 지나도 돌아오지 않는 것을 보고 얼마간 마음을 바꾸어 '기왕 그리 된 일이니 저 둘을 불러내어 동거케 하든지 학비라도 대어 주어 공부나 잘 하도록 하리라' 하는 생각이 들었으나 차일피일 미루기만 하고 결정을 내리지 못하였다.

그러던 차에 명화가 제 손으로 머리도 깎고 손가락도 잘랐다는 소문을 들으니 더럭 놀란 마음에 생각이 다시 변하였다.

"저런 요망하고 담독스러운 계집을 보아라. 계집이란 남자와 달라 머리털 아끼기를 목숨처럼 소중히 해야 하거늘 제 손으로 단발을 마음대로 하다니! 게다가 친환에 단지를 하면 효자라 하니 능히 아픔을 견딘다 하지만, 친환도 아닌데 어렵지 않게 제 손가락을 제 손으로 잘랐다 하니, 하! 그것 참 악독한 위인 이로다. 만일 그러한 여자를 집에 두었다가는 패가망신하기 십 상팔구다."

하여 거절하고 배척하는 마음이 한층 더 심해졌다. 이날부터 는 어떤 방법을 쓰든지 자기 아들이 그 악독한 계집을 가까이 하지 못하도록 철저히 막아야겠다고 결심을 하고 있던 차다.

그런 줄 알지 못하는 명화는 어림없이 인력거에서 내려 주저 하지 않고 바로 장씨 댁 내당으로 들어갔다.

천만 꿈밖에 난데없는 미인 하나가 반 양복을 맵시 있게 입 고 몸치장을 수수하게 하였는데, 수줍은 얼굴을 앞으로 소곳 하게 하고 마루 위로 올라와 한편에 서더니 안잠*노파를 향하 여 물었다.

"마님이 어디 계셔요?"

노파가 대방으로 인도하면서 갖은 의심을 품고 속으로,

'저 아씨가 누군가? 우리 대소가 댁에는 저런 아씨가 없는 데, 누구인지는 몰라도 예쁘기도 하여라. 우리 댁 서방님이 보 시면 깜짝 반하겠네.'

---

*여자가 남의 집에서 먹고 자며 그 집의 일을 도와주는 일. 또는 그런 여자.

하며 그 미인의 행동만 본다. 미인은 자취를 소리 없이 떼어 걷는 걸음으로 가만가만히 대방으로 들어가 공손히 절 한 번을 날아가는 듯이 하였다.

노부인은 깜짝 놀라는 말로,

"댁이 누구신데 초면에 이렇게 절을 하시오?"

하고 묻자 명화가 몸을 낮추며 어질더어진 목소리로 공손히 대답한다.

"제가 공부 차로 동경 갔던……."

부인이 선뜻 알아듣고,

"응, 너로구나. 그래 네가 명화라는 기생 노릇 하던 아이냐?"

하고 다정하게 물으니, 명화가 두 뺨에 훈풍을 띠우고 대답한다.

"네, 그러하옵니다."

부인이 첫눈에 명화를 보아도 그 자태와 거동이 나무에서 똑 딴 듯 가히 처음 보는 일색이다. 아들을 밤낮으로 보고 싶던 차에 명화를 보니 더럭 반가운 마음이 앞선다. 아들을 보는 것과 크게 다르지 않아서 귀여운 마음이 들지만, 뻔히 아는 영감 성미에 무엇이라 할는지 알 수 없어서,

"오냐, 거기 앉거라."

하고 급히 하인을 불러 영감에게 이 사유를 여쭈라 분부한 후, 아들 보고 싶은 급한 마음에 참지 못하고 묻는다.

"동경에서 언제 건너왔으며 너 홀로 왔느냐? 나리와 동행을 했느냐?"

명화는 이렇게 대답을 하였다.

"일행이 함께 부산까지 왔는데 저더러 먼저 올라가면 나리께서는 추후에야 올라오겠다 하였습니다."

"무슨 볼일이 있어서 뒤에 떨어졌느냐? 언제쯤 온다더냐?"

이 말 저 말을 물어보려는 차에 밖에서 가래침 뱉는 소리가 카악, 하고 나면서 신발 소리가 들린다.

계집 하인이 쭈르르 먼저 들어와,

"영감마님 들어오십니다."

하고 아뢴다. 부인이 나오는 말을 중지하고 마루 분합(分閤)* 밖으로 마주 나간다. 명화는 얼른 일어나 방 윗목 한편 구석에서 숨도 크게 못 쉬고 가만히 서서 시아버지가 들어오시면 알현(謁見)할 준비를 하고 있었다.

그때 별안간 집 대들보가 뚤뚤 울릴 만큼 큰 소리가 나서 명화는 정신이 아뜩해졌다.

"무엇이? 누가 왔어? 내쫓아라! 그런 요망 악독한 것이 뉘 집을 망쳐 놓으려고 왔단 말이냐? 내가 들어오라 부른 적이 없거늘, 제가 방자하고 대담스럽게 어디를 왔단 말이냐? 당장 내쫓

---

* 주로 대청과 방 사이 또는 대청 앞쪽에 다는 네 쪽 문. 여름에는 둘씩 접어 들어 올려 기둥만 남고 모두 트인 공간이 된다.

지 않으면 죽고 남지 못하리라!"

하고 발을 구르며 영감마님이 호령하는 바람에 온 집안이 벌벌 떠는지라, 명화는 발바닥에 흙도 안 묻히고 쫓겨 나왔다.

분하고 원통하고 야속한 마음이 눈물로 화하여 앞을 가리어 한 걸음에 두 번씩 엎어지며, 서로 허물없이 가까운 고향 친구의 집을 찾아 들어갔다.

아무 이유를 모르는 그 친구는 반가워서 마주 나와 손목을 잡으며,

"에그, 이게 누구야? 네가 어쩐 일로 이렇게 왔니? 일본에서 공부하고 있는 줄 알았더니 언제 귀국을 했어? 어서 저리 들어가자."

한다. 명화는 나오는 눈물을 억지로 참고,

"지금 당장 귀국하는 길이다. 그동안 어머니 모시고 잘 있었니? 나는 공부할 형편이 아니라 귀국을 했는데, 경성에 들어오니 우리 어머니께서는 평양 가 계시고 향할 곳이 없구나. 아무리 생각해도 너만큼 편안한 데가 없어 이렇게 찾아왔다."

하며 억지로 참았던 눈물이 다시 샘솟듯 한다. 그 광경을 보는 친구는 명화가 눈물 흘리는 깊은 사정은 알지 못하지만 연약한 창자에 동정의 눈물이 마주 나오며 묻는다.

"왜 이렇게 우는 거야? 무슨 연고가 있니? 너 우는 것을 보니까 내 마음도 괜스레 언짢아지는구나."

"얘, 사람이 너무 반가워도 눈물이 나오는 것이구만. 연고는 아무 일도 없단다. 경성이라고 오니까 어머니도 안 계시고 마음 붙일 데가 없어 마음이 불편하던 차에 너를 보니까 반가움 끝에 눈물이 와락 솟는구나."

"그렇고말고. 나도 우리 어머니께서 평양으로 내려가신 뒤로는 참말이지 의지할 곳이 없는 것 같고, 젖먹이 어린것 모양으로 종종 어머니 생각이 나서 더러 울기도 했다."

친구는 사정은 잘 알지 못하나 명화를 위로하며 없는 반찬을 새로 장만하여 간곡히 대접한다. 명화는 자기 사정을 말하지는 못하고 은근히 속만 태우며 수일을 묵어 또다시 시댁에를 가서 뜰아래 거적을 깔고 석고대죄를 하였다. 한번 뜻을 굳게 세운 그의 시아버지는 처음과 마찬가지로 호령호령하여 쫓아보냈다. 그 후로 두서너 번에 걸쳐 한결같이 엄절하게 거절하고 조금도 용서가 없었다.

수차례 쫓겨 나온 명화는 아무리 생각해도 시아버지가 회심하기를 바랄 길이 없으니까 할 수 없이 그 사정을 남편에게 편지하고, 즉시 길 떠날 채비를 하여 평양으로 내려왔다.

명화를 수차 축출한 장씨 집에서는 곳곳에 정탐을 늘어놓아 장 청년과 명화가 평양에 가서 둘이 함께 있다는 소식을 들었다. 장 청년의 삼촌은 자기 백씨의 엄한 분부를 띠고 평양으로 내려왔다. 여관에 사처를 정하고 아무리 자기 조카의 종적을 수색해도 막연하기만 하고 알 수가 없는지라, 생각다 못해 하인에게 심부름을 시켜 명화를 불러왔다.

장 청년은 삼촌이 자기를 찾아 내려온 소식을 먼저 듣고 몸을 빼어 경성으로 올라가며 명화더러 부탁하기를,

"지금 우리 숙부께서 나를 찾아 내려오셨다 하니 내가 여기 있다가는 꼼짝없이 잡혀 올라갈 것이네. 올라가면 우리 아버지 성미에 죽고 살아남지 못할 것 같네. 내가 미리 경성으로 올라가 무슨 주선을 하든지 해서 월세 집칸이라도 얻어 놓고 기별할 것이니 아무 염려 말고 있다가 그때 올라오도록 하게. 반드시 우리 숙부께서 자네를 불러 나에 대해 물으실 것이니, 아랫사람 된 도리가 아니지만 전혀 모른다고 대답해 주길 믿네."

이 부탁을 들은 명화는 마음속 깊이 새겨 두어 오래오래 잊지 아니하다가 마침내 시삼촌에게 불려 와서는,

"일본에서 돌아온 후로는 소식을 아직 알지 못합니다."

하고 대답하였다. 삼촌은 명화에게 시삼촌이 되니까 호칭을 질부라 부르는 명화를 보통 기생 다루듯이 할 도리는 없으니, 대강 꾸짖어 이실직고하라 하다가 부득이 경성으로 헛되이 돌아갔다.

숭이동(崇二洞)에서도 그중 구석진 곳에 있는 작고 허름한

집이 비바람도 가리지 못하는데, 그 집 대문 앞에서 어떤 아감딱지* 사나운 사람이 볼멘소리로 주인을 찾는다.

"이리 오너라! 이리 오너라! 주인 이리 나오시오!"

그 소리를 듣고 마지못해 죽으러 가는 것 같은 걸음으로 나오는 것은 그 집 주인이다. 찾아온 손님을 대하여 얼굴을 바로 들지 못하고 겨우 나오는 음성으로 굽실거린다.

"오셨습니까? 집세를 이때까지 못 보내어 너무 미안합니다."

손님이 사람이 좋지 않은 눈치로,

"왜 안 보내고 계시오? 남의 집을 공짜로 들려고 했던가요? 내가 벌써 몇 번째 걸음이오? 긴 말 말고 내일 당장 집을 내놓으시오. 다른 사람을 들이겠소."

하고 으박을 놓는다.

"한 번만 더 속으시고 닷새만 또 용서해 주시면 그날은 반드시 셋돈을 드리오리다. 만일 그날 못 되면 집이라도 내놓지요."

"안 되겠소. 댁이 남의 돈을 안 주려니까 그렇지 왜 돈이 없더란 말이오. 경상도에서 제일가는 부자의 아들에게 돈이 없으면 누가 돈이 있단 말이오. 여러 말 말고 어서 내놓으시오!"

그 말에 무엇이라 대답을 못하고 묵묵히 섰다가, 다시 간절히 사정을 해가며 며칠만 참아 달라고 손이 발이 되도록 비는

* 아가미뚜껑.

그 주인은 곧 장 청년이다.

장 청년이 평양에서 자기 삼촌을 피해 경성으로 올라와 어디 숨어 있으면서 억지스럽게 기백 원 돈을 간신히 마련하였다. 그 돈으로 숭이동에다 월셋집 몇 칸을 얻고 평양으로 기별하여 명화를 데려와 겨우 살림을 차렸다. 얼마 못 되어 그 돈냥마저 차차 없어지니 둘이 삼순구식을 하며 지내던 중 월세를 진즉부터 주지 못하여 그 집주인이 와서 성화같이 세를 독촉하는 것이다.

누군가 장 청년을 위해서든지 그 아버지를 위해서든지 숭이동에다가 신접살림을 배치하고 곤란을 겪는다는 말을 일일이 그 아버지 장 승지에게 고했다. 장 승지는 아들 있는 곳을 찾으려고 온통 심력을 기울이던 차에 그 말을 듣고, 하인도 보내어 부르고 문하 친구도 보내어 달래도 장 청년은 여전히 오지를 않았다. 이는 장 청년이 불효로 아버지의 명령을 거역함이 아니라 엄한 아버지를 둔 탓에 눈앞에만 보였다가는 생명을 부지하지 못할 듯하여 그 두려움으로 아버지를 가까이 못하는 것이다.

장 승지는 생각에 '계속 그리하다가는 외눈에 부처* 같은 둘도 없는 아들을 영영 다시 못 보게 되겠거니' 할 뿐 아니라, '저

---

* 외눈부처 : 하나밖에 없는 눈동자라는 뜻으로, 매우 소중한 것을 비유적으로 이르는 말.

것이 월셋돈을 매달 짊어져 점점 많아지면 큰 빚이 될 것이다. 그 자식이 우리집 재산 상속을 할 것인데 틀림없이 손해는 우리집 재산에 떨어지고 말 것이다' 하여, 동대문 안 양사동의 다가집 한 채를 전세로 얻었다. 그러고는 아들에게 그 집에 들어와 살면서 본집에를 왕래하면 별로 꾸지람을 않겠다는 뜻을 다른 사람에게 시켜서 표시했다.

장 청년은 그 말을 고목나무에 꽃 핀 듯이 기쁘게 듣고, 바로 양사동 집으로 이사를 했다.

명화 역시 그때 가서는 이러한 마음이 생겼다.

'부모 되셔서 자식이 첩을 두는 것을 엄금하시는 것은 당연한 일이다. 우리 부부로 말하면, 전생과 이생에 무슨 업원으로 서로 만났는지 열 생명을 바친대도 헤어질 마음은 서로 없을 뿐 아니라, 개짐승이 아닌 사람으로서 정당하게 했든지 부당하게 했든지 기왕 부부가 된 이상에 다시 남이 되는 것은 도리가 아니다. 그런 연유로 오늘날까지 어른의 명령을 거역하며 막대한 불효를 지었는데, 인제는 특별하신 통촉으로 집까지 마련해 주셨으니 아마 먹고 사는 것이야 다시 근심할 필요 없을 것이다. 나도 사람 년인데 어찌 내 죄를 내가 모를까. 그동안 이때까지 시부모께 상심을 적잖이 시켜 드린 생각만 하면 몸 둘 곳이 없으니, 이제부터는 어디까지든지 시부모의 뜻을 순순히 따르고 효도하고 봉양하여 세상에 가치 있는 사람이 다시 되어 보

겠다.'

그런데 그 말과 정반대로 장 승지는, 그 집을 얻어 이사하도록 한 것이 자기 아들더러 명화를 데리고 잘 살라는 본의가 아니었다. 마음속에 꼭 박혀 빼지 못할 작정은 이러했다.

명화는 요망하고 악착한 것이라 섣불리 용납하여 집에 들였다가는 큰 화근이 되어 집안을 뒤엎어 놓을 것이다. 아무쪼록 하루바삐 떼어 버려야 내 아들이 사람 노릇을 하게 될 것이다. 이는 부모 되어 자식 교훈하는 도리에 합당한 일이지 잘못함이 아니다. 한갓 그 사정을 살피지 못해 과하게 엄한 것만 흠절이다. 아니, 흠절 될 것도 없다. 벌써 집안에 악영향이 미치려는 조짐으로 그러한 악한 관계가 생긴 것이라 생각했다.

장 청년은 그 부친의 관대한 처분으로 양사동 집에 들게 해준 일에 대하여 효순(孝順)할 마음이 역시 저절로 생겨서, 집 들던 날부터 본가에 돌아가 자기 부친 앞에 대죄까지 하였다.

장 승지는 처음에는 얼마간 자유를 주어 출입을 눈감아 주었다가, 차차 단속을 엄히 하였다. 대놓고 그 계집 버려라 하지는 않아도 자기 아들이 명화의 집에 가는 것은 절대로 못하게 하였다. 아들이 잠깐만 눈에 안 보여도 찾아서 몇 분 동안도 멀리 나가지 못하게 하니, 장 청년 생각에 민망하고 답답하기만 하다. 하지만 과거에 부모의 명령을 거스르고 자유롭게 살다가 자칫 죽을 만큼 비상한 고초를 겪은 일에 몸서리가 쳐져서 억지로 참고 지낼 뿐이다.

그렇게 참고 지내는 장 청년으로서는 오히려 그러는 것이 다른 것보다는 더 쉬웠지만, 시시때때로 남편 오기를 눈이 빠지도록 기다리는 강명화를 생각하면 가만히 있지를 못한다. 고픈 배를 움켜쥐고 남편이 오늘 올까 내일 올까 고대하며 명화가 그와 같이 군색하고 고생스러울 것을 짐작하니, 시량이나 좀 보내 줄까 용돈이나 좀 보내 줄까 해도 단지 희망뿐이다. 그렇게 기막힌 눈물을 씻어 가며 무정한 세월을 보내는 장 청년의 그 마음이야 과연 어떠할까.

윤씨는 그 딸이 새집에 살림을 차렸다는 기별을 듣고,

'옳지. 인제는 저의 시아버지께서 집까지 마련해 주셨다 하니 내가 이 고생을 안 하겠구나. 제가 살림이라는 것은 해본 적이 없고, 여간 어려울 터가 아니니 내가 올라가 함께 있어 뒤를 받들어 주어야 하겠다.'

하는 생각으로 아들 도선을 앞세우고 딸의 집으로 올라와 함께 지내는 중이다.

올라온 지 한 달이 다 되었는데도 사위의 얼굴 한 번 보지 못했다. 이는 장 청년이 아주 발을 끊고 왕래가 없는 것은 아니지만, 한밤중 모두가 잠든 뒤에 잠시 왔다가는 날이 새기 전에 벌써 가고 없었기 때문이었다. 게다가 이런 모양으로 다녀가는 것도 어느 날 오겠다고 약속을 한 것도 아니요, 어느 때든지 틈을 타는 대로 날마다 올 때도 있고, 혹 며칠씩 못 올 때도 있는 연고로 윤씨가 잠을 안 자고 기다려 보지를 못한 것이다.

천행으로 장 승지가 고향에를 내려가면 그때는 장 청년이 마음 놓고 낮에도 다녀가고 수일 묵어도 간다. 비록 다녀는 가도 금전에는 여전히 변통의 도리가 없어 굶기를 밥 먹듯이 하는 것을 보고, 애는 부등부등 쓰면서도 한없이 무색해하니 윤씨가 타는 가슴을 스스로 삭여서 장 청년이 듣기 좋도록만 말을 한다.

"사위님, 너무 애쓰지 마세요. 세상만사를 되어 가는 대로 하지 억지로는 못합니다. 내가 저 딸을 기를 때에 촌으로 읍으로 끌고 다니며 단 것 쓴 것을 내 입에는 못 넣고 저것의 배가 행여나 곯을까 밤낮으로 동동하였소. 이 알뜰한 재미를 보려고 이때까지 세살먹이 어린것으로 여겨서 잠시만 못 보아도 미칠 듯이 보고 싶지마는, 여자라는 것은 남편 만나면 그의 사람이지 친정어미가 아랑곳할 필요가 없거니 하여 저 일본 가 있을 때에도 사위님과 함께 있으니 보고 싶기는 해도 내 마음에 든든은 하였소. 아무리 내 속으로 낳은 자식이라도 인제는 나리 사람이 되었으니 굶기거나 벗기거나 내게는 아무 관계 없으나, 아직 나리 사정이 허락지 못하는 탓으로 전당질로 세월을 보내노라니 자연 군색한 일이 많지만, 설마 살아가다 보면 무슨 끝이 있겠지요. 심려한다고 억지로 무슨 일이 되나요."

비록 위로하는 말이나, 장 청년 듣기에는 구절구절이 가슴 가운데 자극이 되어 얼굴이 화끈거려서 아무 말도 못한다. 명화는 아무쪼록 남편의 마음이 편토록, 안 나오는 웃음도 웃어서 듣기 좋은 말만 한다.

그해는 1922년이다. 겨울날이 대단히 춥지는 않았어도 이 집에서는 단독으로 추위를 만드는 듯하다. 쌓여 있는 눈이 빈 산에 가득 차 있고 쌀쌀한 북풍은 살대같이 불어오니 잘 먹고 더운 방에 거처하는 사람도 에- 추워! 에- 추워! 소리가 입에서 저절로 나오거든, 하물며 아침저녁 밥을 건너뛰고 굴뚝에 연기가 나지 못해 삼척 빙돌에 손끝만 불고 있는 강명화 모녀의 고생이야 어떠할까.

의복도 당장 몸에 걸친 것 외에는 다 잡혀 먹었고, 그릇도 당장 담아 먹는 것 외에는 다 팔아 먹었다.

그 고생을 하며 삼동을 지내고 봄철이 돌아오니 추위는 겨우 면했으나 배고픈 것은 한층 더했다.

천만다행으로 봄이 되자 장 승지가 동문 밖 공기 좋은 홍수동에다 새로 부지를 장만해 가옥을 건축하느라고 소일 겸 감독 겸 날마다 외출을 했다. 장 청년은 그 틈을 타서 매일 양사동에를 내려와서 힘자라는 대로 틈틈이 시량도 얻어 주고 용

돈도 얻어 주었으나 그 역시 무엇이 넉넉할까. 열흘이면 닷새 이상은 군색하지만 남편을 뼈가 으스러지도록 아끼는 명화는 일일이 눈치를 감추고 자기 물건을 다 팔아 없애며 지내려니까 자연 심사가 편치 못하다. 그리하여 남편이 오지 않을 때나 어머니가 안 보는 때에 하염없는 눈물이 샘솟듯 하여 은근히 흐느껴 우는데, 졸지에 자기 남편이 들어오면 미처 흔적을 감추지 못하여 울던 것을 들키기도 하였다. 우는 것을 본 장 청년은 묻지 않아도 명화의 속마음을 짐작하고 몇 마디 위로를 하다가 자기까지 운 적이 한두 번이 아니었다.

헌 옷가지 남은 것을 곱게 만져 아무쪼록 자기 딸을 입히려는 마음을 먹고 바느질을 하던 윤씨는 건넌방에서 울음소리나는 것을 듣고 웬 영문인지 몰라 놀란 가슴이 별안간 뛰기 시작한다. 그대로 뛰어 건너가 문을 와락 열려다가 다시 생각하기를, 젊은 내외가 있는 방문을 아무 생각 없이 열어선 안 될 것 같아 다만 문설주만 툭툭 치며 묻는다.

"왜 그러네? 어디가 아프냐? 내외가 싸움을 했네? 울기는 웬 까닭이냐?"

명화가 얼른 일어나 마주 나오며 수습한다.

"아프지도 않고 싸움도 안 했으니 아무 걱정 마시고 어서 건너가세요."

'저것들이 고생이 지리하여 서로 사정을 말하고 우는 것이로

구나.'

하는 생각을 한 윤씨는 모르는 체하고 자기 방으로 건너가 혼자 탄식을 내뱉는다.

"내가 본래 딸자식을 길러 행창[*] 해먹고 살자고 기생에 넣은 것이 아니다. 여염 구석에 처넣으면 물동이 오줌동이 이는 촌사람에게로나 시집을 보내지 다른 별도리가 없어 차라리 기생에나 넣어 경성 부잣집의 부실(副室)[**]이라도 되면 평생이 잘되려니 하였더니, 하필 저 모양이 되어 고생만 한없이 하는구나. 장씨 댁이 당당한 양반으로 벼슬이 대대로 혁혁하고 영남에서 으뜸가는 부자요, 사위님의 됨됨이가 출중하니까 아직은 고생하지만 설마 뒤끝이야 남부럽지 않겠지."

하여 자기 마음을 자기가 위로하여 지내기를 한두 번이 아니었다. 그럴 때마다 화풀이는 만만한 도선에게만 한다.

"이 자식, 정신 차려 공부 열심히 잘 하여라. 너의 아버지는 아직도 마음을 잡지 못해 저 모양으로 타관으로만 돌아다니며 집안일은 전혀 돌보지 않고, 누이도 아직 고생을 못다 겪어 저러하고, 어미인 나는 점점 늙어 가는데 네가 어서 졸업하여 생애를 붙잡아야 살지 않겠느냐."

---

[*] 드러내 놓고 몸을 파는 창기 노릇.
[**] 첩.

붉은 장막을 둘러놓은 듯하던 남산의 진달래는 하룻밤 비바람에 흔적이 없어지고 곳곳에 푸른 잎이 우거졌다. 어여쁜 소리로 벗을 부르는 꾀꼬리는 이 나무 저 나무로 옮겨 가고 쌍쌍이 날아드는 초록 제비는 헌 집을 고쳐 새끼 칠 준비를 하느라고 들보 사이에서 지저귄다.

"아, 벌써 4월이구나. 세월은 덧없이 잘도 가는데 나의 고생은 끝이 없구나. 우리 나리가 나 하나를 이같이 고생시킬 인물은 아니지만 집안이 유달리 엄하여 뜻을 못 펴시고, 금전 거래하는 길을 어른이 꼭꼭 막아 놓아 두 손을 꼭 묶고 있으니 독틈에 탕관*으로 부대껴 죽을 것은 나 하나뿐이다. 나같이 팔자 사나운 년 때문에 우리 나리 명예 타락되고 신분 손상되고, 따라서 구곡간장까지 태우시는 일을 생각하면 기가 막혀 못 견딜 일이 아닌가. 에라, 내가 진작 수를 써야 나의 고생도 없어지고 우리 나리 앞길이 열리겠다."

이는 명화가 시절 변하는 것을 보고 내뱉는 탄식이다.

장 청년이 그 부친이 잠시 향리에 내려간 때를 틈타 사랑하는 사람을 찾아와 내외가 한 베개를 베고 정답게 이야기를 주고받는다.

---

* 독 틈에 탕관 : 약자가 강자 사이에 끼여 곤란을 당하는 경우를 비유적으로 이른다.

"나리, 아무리 어려우셔도 옥양목 두어 통하고 흰 구두 한 켤레만 사다 주세요."

"그리하게. 헌데 그것은 갑자기 왜 사달라고 하는가?"

"의복도 입은 것이 변변치 않고 신도 없소그려."

명화가 이때까지 남편에게 무엇이고 해달라 요구한 적이 절대 없었는데, 모처럼 처음으로 입을 연 것을 어찌 거절할 수 있을까. 장 청년이 한편으로 이상도 하고 한편으로 반갑기도 하여 첫말에 선뜻 허락을 하고 힘써 변통을 하여 명화가 요구한 대로 해다 주었다.

명화는 그 즉시 가위를 들고 썩썩 베어 자기 의복 일곱 벌을 마름질해 다져 놓고, 남편에게 또 부탁을 한다.

"나리, 몸이 하도 아픈데 우리 시원한 바람도 쏘일 겸 온양 온천에 좀 갑시다."

장 청년 역시 집에 잡혀 들앉아 있어서 울울갑갑하던 차에, 자기 부친도 안 계시고 명화의 부탁도 있으니까 해롭지 않게 여겨 그리하자 대답을 하였다. 명화는 그 대답을 받자 아주 날까지 바로 정하려고 한다.

"이런 길이라는 것이 말 나온 김에 진작 떠나야지 여러 날 끌면 하루 미룸이 열흘 미룸으로 언제 가볼지 모르는 법이니 내일 첫차에 아주 떠납시다."

그 이튿날은 곧 음력으로 4월 초엿샛날이다.

첫차에 떠날 준비를 하고 장 청년이 분주히 양삿골로 오니, 명화는 벌써 흑운 같은 머리를 틀어 얹고 눈이 부신 옥양목 반 양복을 모양 있게 입었는데 다시 보아도 어여쁜 마음, 똑 따서 차고 싶다.

"나리는 전차를 타시고 의주통으로 나오시오. 나는 인력거를 타고 남대문통으로 나가리다. 함께 가다가는 누구에게 들키든지 또 말썽이 될 것이니……."

"그 말이 근사하군. 단둘이 가기 적적한데 숭이동 우리 살던 동리 남 주사와 동행을 하면 어떠할까?"

"그건 나리 좋으실 대로 하셔요."

명화가 윤씨 앞에 나아가 날아가는 듯이 절을 하는데 두 눈에는 눈물이 핑그르르 돈다. 이를 본 윤씨는, 저것이 오늘 아침에 밥을 짓지 못하여 어미가 굶고 있는 것을 보고 가니까 애연한 창자에 자연 눈물이 솟나 보다 하여 위로하는 말로 달랜다.

"왜 길을 떠나며 언짢아하느냐? 어미가 밥을 먹지 못한 것을 보고 가니까 그리하느냐? 이따가라도 무엇을 또 잡히든지 팔든지 밥을 지어 먹겠다만 너야말로 아무것도 못 먹은 공복으로 길을 떠나니 어미 마음이 놓이지 못한다."

"어머니, 잡히든지 팔든지 아끼지 말고 아무쪼록 일찍이 진지를 지어 잡수시고 불초녀는 아무 염려 마십시오. 가다가 차 안에서 도시락이라도 사 먹으면 저는 배가 안 고픕니다."

하며 울음이 툭 터져 흑흑 흐느껴 운다. 명화가 인력거를 타려다가 내려 윤씨의 뺨에 얼굴을 대고, 부디 잘 계시라, 당부를 하며 집을 유심히 돌아보더니 다시 인력거를 타고 떠나가 버렸다.

온천 뒷산에 자연적으로 공원이 된 송림 사이로 달이 은은히 비춘다. 그곳에서 의복을 산뜻하게 입은 남녀가 손목을 마주 잡고 산보하는 모습은 누가 봐도 연애가 뚝뚝 듣는 젊은 부부다. 그 남자는 장병천이요 그 여자는 강명화다. 일본인 주인이 경영하는 여관에 숙소를 정하고 아침저녁으로 탕에 다녀와서 산보하러 다니는 것이다.

밥을 먹어도 한상에서, 잠을 자도 한자리에서, 탕에를 가나 산보를 가나 잠시도 서로 떨어지지 않으니, 이다음 일은 어찌되었든지 당장은 천국을 만난 듯하다.

그곳에 내려온 지가 어저께인 듯한데 벌써 네댓새는 되었다. 열흘 밤 밝은 달빛이 여관 마루에 낮같이 들었는데, 명화가 초연히 앉았다가 섬섬옥수로 턱을 괴고 처량한 음성으로 창가 한 곡조를 부른다.

1
슬프 – 다 꿈결같은 우리인생은

풀잎끝에 맺혀있는 이슬같도다
무정야속 저바람이 건듯불면은
이슬흔적 순식간에 없어지로다

2
모란봉의 정기받아 내몸생기니
우리부모 애지중지 가이없어라
업어주고 안아주고 고이길러서
부중생남 만년재미 보려하였네

3
십칠세에 교방기안 이름실으니
명가명무 강명화가 내몸이로다
의문매소 하는것이 본의아니라
백년낭군 해로함이 나의원일세

4
황－천이 감동하사 지도함인지
어여쁠손 장병천과 인연맺으니
산서해맹 깊고깊어 변치않고자
검은머리 백발토록 살자했더니

5

가정불화 사회책망 빗발치듯이

내외협공 짓쳐들어 침식없으니

박명인생 나의일신 관계없지만

우리낭군 만리전정 그르치겠네

6

차-라리 일루잔명 내가끊어서

천사만사 걱정근심 잊으리로다

삼각산아 잘있거라 나는떠난다

한강수야 후생에나 다시만나세

장 청년은 곁에 누워 듣다가 눈에 눈물이 맺거니 듣거니 하는 명화의 얼굴을 쳐다보고 벌떡 일어나 명화의 손목을 와락 잡아당기며 묻는다.

"무슨 창가를 그런 괴악한 사설로 하고 우는가? 아무리 심사가 편할 것이 없겠지만……"

명화가 수건을 들어 눈물 흔적을 씻으며 대답한다.

"저 달빛을 보니까 괜히 마음이 소란하여 진정할 수가 없네요. 어머니도 보고 싶고 아버지도 보고 싶어서 나도 모르게 눈물이 나와요."

"작년에는 동경 가서 삼사 삭을 있으면서도 부모 생각하고 우는 양을 못 봤더니, 이번에는 불과 닷새 동안에 어머니가 그렇게 보고 싶은가? 울지 말게. 온천을 그만치 하였으니 온갖 병이 다 물러갔겠지. 내일은 첫차로 떠나 경성에서 어머니를 반가이 만나 보게."

"나리, 아무 염려 마세요. 방정맞은 계집의 소견이 되어 괜히 눈물을 찔끔찔끔 내었지요."

하며 생긋생긋 웃는 얼굴로 이 말 저 말을 재미스럽게 넙죽넙죽 하니 장 청년의 마음이 풀어져 흔흔히 잠이 깊이 들었다.

밤이 어느 때가 되었는지 누군가 가슴을 흔들며,

"나리, 나리. 그만 주무시고 일어나세요."

하는 소리에 장 청년이 깜짝 놀라 잠을 깬다. 눈을 떠 보니 명화는 머리도 빗고 얼굴도 씻어 정히 하고 의복을 새로 입었다.

"왜, 이때까지 잠을 안 자고 호들갑스럽게 세수까지 하고 의복까지 새로 입었나? 닭이 더럭더럭 우는 걸 보니 아마 새벽 3시는 되었는가 본데."

명화가 앞으로 와락 와서 장 청년의 품에 안긴다.

"나는 독약을 먹었으니까 이제 세상을 하직하오. 마지막 나리 품에 좀 안겨 봅시다."

전혀 생각지 못한 그 말을 들은 장 청년은 진위를 미처 몰라서 소리친다.

"그게 다 무슨 못생긴 소리야! 사람이 제명에 죽어도 원통한데 무슨 생각으로 독약을 먹는단 말인가?"

명화가 앞에 놓인 그릇을 가리키며,

"내가 거짓말을 하는 줄 아세요? 약 타서 마신 그릇이 저기 있으니 자세히 보세요."

실제로 그릇에 약 닿았던 흔적이 시꺼멓게 타 있는 것을 본 장 청년은 뜻밖의 일에 놀라고 당황해 어찌할 줄을 모르다가, 일변 곁방에서 누워 자는 남 주사를 급히 부르고 일변으로는 품에 안긴 명화의 머리를 쓰다듬는다.

"이 사람, 이 몹쓸 사람. 독약은 무슨 독약이야! 대관절 어디서 나서 먹었으며 약을 먹은 이유는 무엇이란 말인가?"

얼굴빛이 백지장같이 핼쑥해진 명화는 장 청년의 손목을 힘 있게 꼭 쥐며,

"내가 죽을 결심을 한 지는 벌써 오래됐습니다. 그동안 틈을 탈 수 없어서 온천에를 오자고 한 것이지요. 약은 집에서 떠나나 혼자 남문으로 나올 때에 일본인 상점에서 쥐 잡는 독약을 사서 감추어 두었지요. 나 죽는 까닭을 말씀할 것이니 들어 보세요."

하며 자기의 마음을 털어놓는다.

"내가 비록 천기 출신이지만 한번 굳게 먹은 마음이라 열 번 죽어도 나리와 이혼할 수는 없습니다. 나리도 역시 나를 하찮

게 여기지 아니하시고 오래도록 함께 살자 하니, 나 같은 천한 몸은 말씀할 것 없거니와 천금 같으신 나리 몸에는 점점 여러 가지 악한 영향이 미쳐 갑니다. 이 악영향이 무엇이냐 하면, 제일은 부모가 만류하시다 못하여 결국은 정까지 상하실 것이니 가정에 큰 불화가 될 것이요, 제 이는 사회에서 사람들의 수군 댐이 날로 심해져 전도유망하신 나리 신분을 부랑자로 지목하는 일이요, 제 삼은 교육계에서 시시비비가 일어나 심지어 암살까지 하려는 일이 있어 어떠한 나쁜 일이 미칠지 모르는 일이요, 제 사는 나리께서 나 하나를 어떻게 처리할 길이 없어 노심초사하느라고 공부할 겨를이 없으시니 그럭저럭 시간을 헛되이 보내면 문명 시대에 버려진 인물이 될 것입니다. 이렇게 여러 가지 이유로 나 한 몸만 즉시 죽어 없어지면 다시는 아무 악영향이 없을 줄로 확신합니다. 바라건대 나리는 죽는 나를 생각지 마시고, 부모 앞에 효자 되시고, 사회의 동정을 얻으시고, 교육계의 인물이 되시면 내가 황천에 가서도 춤을 출 것입니다."

말을 마치고 명화는 장 청년의 무릎을 베고 누웠는데 눈물이 비 오듯 양 볼을 적시니, 장 청년은 자주 내려다보고 흑흑 흐느껴 울기만 한다.

남 주사는 급히 깨우는 소리를 듣고 급하게 들어오니 뜻밖에 큰일이 생긴지라.

"장 형, 이미 일이 터져 후회해도 소용없는 마당에 그렇게 마주 붙잡고 울기만 하면 어떻게 해요? 빨리 의사를 불러다가 치료도 해보고 양사동 친가와 대구 본댁에 전보를 놓읍시다."

"나는 정신이 하나도 없으니 남 형이 알아서 급히 주선을 좀 해줘요."

얼마 후에 의사가 들어와 응급진단을 하고 토하게 할 약을 먹이려 하니 명화는 이를 악물고 먹지를 않는다.

그때에 벌써 명화의 정신은 혼미하여 사람의 말을 겨우 알아듣고 간신히 대답할 정도였다.

구토제를 먹이려다 그러지 못하자 장 청년은 임시방편으로 이런 거짓말을 한다.

"내 말 좀 듣게. 동경에서 우리를 암살하려던 유학생들이 우리 내외의 참 사정을 알고 자기들이 오해했다며 사과문을 보냈네. 우리 아버지께서 그걸 보시고 쾌히 마음을 돌리셔서 어서 올라들 와서 원앙의 한 쌍으로 깃들어 살라는 뜻으로 서신을 지금 보내왔네. 아무쪼록 이것을 먹고 독약을 토해야 죽지 않고 살아서 재미있는 애정생활을 해보지 않겠나."

명화가 그 말을 듣더니 머리를 번쩍 들어 장 청년을 본다.

"그 말이 참말이오? 그러면 내가 먹지요."

의사의 손에 있는 약물을 한숨에 벌컥벌컥 다 마시고,

"나 좀 살려 줘요! 나 좀 살려 줘요! 그 말이 참말이오? 무얼,

거짓말이지······."

하는 말이 벌써 혀가 굳어 겨우 얼버무려 나오니, 장 청년이 명화의 뺨을 한 대 때리며,

"내가 누구인지를 알겠나?"

"세상 사람 중에 나의 가장 사랑하는 파건, 내가 몰라."

이 말이 명화의 마지막 말이 되었다. 구토제가 들어가더니 당장 구역질이 나며 약물을 토하는데 시퍼런 불덩이가 입으로 활활 나온다.

의사는 그 광경을 보고 낙심하는 말로,

"제때 좀 알았더면 좋았을 것을. 벌써 약이 오장에 퍼졌으니 아무리 구하려 해도 쓸데없은즉, 나는 가오."

하고 냉정히 방을 나선다.

장 청년은 땅땅 몸부림을 치며 명화를 부둥켜안고 이리 구르고 저리 구르나 이미 실낱같은 호흡마저 끊어져 인간을 영결한 명화가 무엇을 알리오.

이날은 4월 11일이다. 아무런 줄도 모르는 그 어머니 윤씨는 어저께 밤에 고생고생 잠을 자지 못했다. 겨우 날이 밝을 무렵에 꿈을 꾸니 명화가 머리를 풀어 산발하고 입으로는 선지피를 토하며 외롭게 흐느껴 우는 모습을 보고 깜짝 놀라 깨어나,

"에그, 그 무슨 꿈이 그런가. 애가 객지에서 어디를 앓나, 어

떤 놈에게 봉욕을 당하였나…… 꿈이 이상도 하지."

이내 일어나 앉아 담배만 먹고 있는데, 별안간 체전부가 전보 한 장을 전한다. 전보를 급히 떼어 본 윤씨는 허둥지둥 의복을 고쳐 입고 남문 정거장으로 나왔다. 무정한 기차는 사람의 급한 사정을 헤아리지 못하고 윤씨가 방금 구내에 들어서자마자 벌써 떠나갔다.

아무리 마음이 급하지만 어쩔 수 없이 다시 집으로 들어왔다가 밤차를 타고 밤새도록 내려가 겨우 온천에 도착하니, 불면 날까 쥐면 꺼질까 하던 딸아기 명화가 늙은 어머니를 잊어버려 기다리지 않고 멀고 먼 길을 영영 가고 말았다.

윤씨가 딸의 시체를 안고 데굴데굴 구르며 목이 메어 우는 모습은 산천초목이 모두 서러워하는 듯하다.

장 청년은 장모가 내려왔는지 자기 삼촌이 올라왔는지 아무런 줄 모르고 두 눈이 퉁퉁 붓도록 울기만 하다가, 시체 가슴 앞 옷 갈피 틈에 척척 접은 종이 한 장이 있는 것을 보고 빼내어 눈물 어린 눈으로 살펴보니 이는 곧 한 장의 유서다.

인제 나는 죽으니 죽는 나를 생각하여 너무 서러워 마시고 아무쪼록 마음을 잡아 공부를 하셔서 부모의 뜻을 어기지 말고 사회에 큰 사업을 세우시사 죽는 나의 혼을 위로해 주시길 두 손 모아 빕니다.

에그, 불초녀로 인하여 어려움에 빠지신 우리 어머니는 누가 붙잡아 드리나.

나의 시체는 따로 수의를 장만할 것이 없소. 죽기 전에 비록 새 의복을 갈아입었으나 결국엔 부정하여질 것이니 이미 준비해 온 옥양목 의복을 행구에서 찾아 그것으로 바꿔 입혀 주오. 화장을 하면 깨끗하여 좋을 것이나, 그리고 나면 나의 흔적이 아주 없어져 나리의 자취도 들을 수 없으니, 공동묘지에 묻지 말고 부디 댁 선영 구석의 양지바른 곳에 잘 묻어 주고 봄가을로 한 번씩 옛정을 잊지 말고 술 한잔 부어 주시오.

더 부탁할 말은 없소.

유서를 다 읽고 목이 메어 통곡하는 장 청년의 모습은 아무라도 입장을 바꿔 보면 그렇지 않을 수 없을 것이다.

그날 밤부터 장 청년이 눈만 감으면 명화가 끔찍스러운 형상으로 목이 메어 우는 모습이 보인다. 꿈에서 깨면 몸 기운이 영 불편하고 심사가 울울해졌다.

장 청년의 삼촌이 이리저리 주선해 즉시 관곽(棺槨)을 갖추어 14일에 명화의 시체를 경성으로 운구해 양사동 본집에 하룻밤 정구했다가, 15일 오전 10시에 자동차 일곱 대로 위세를 성대히 하여 이태원 공동장지에 안장을 하였다.

장 승지가 미우니 고우니 한 것은 명화를 특별히 미워해서

평양 기생 강명화전

가 아니라, 오직 자기 아들의 부랑한 행동을 단속하려는 마음에서 그런 것뿐이었다. 게다가 이전에 명화가 한 일이 너무 과도하게 여겨지고 머리를 깎는다, 손가락을 자른다 하는 것이 모두 악독한 위인의 짓으로 판정한 장 승지는, 자기 집안에 큰 화근이나 될까 하여 절대적으로 금지하여 조금도 용납이 없다가 급기야 자결까지 한 것을 보고 비로소 후회가 되었다. 그리하여 제문을 짓고 제물을 갖추어 양사동까지 친히 다녀갔다.

명화의 어머니 윤씨가 살 방도를 안 해줄 도리가 없어 인사동에다 열두 칸 기와집을 사주고 전토까지 떼어 주기로 작정을 하였다.

병천은 어찌할 바를 몰라 정신이 아득한 중에다 어른의 명령을 거역키 어려워, 망인의 부탁대로 선영에 안장치 못하고 결국 공동장지에 파묻은 후로 잘 있는지 한이 더 맺혀 있었다.

그 소문을 탐지한 〈동아일보〉에서는 아래의 기사를 실었다.

꽃 같은 몸이 생명을 끊기까지

― 그네의 생활에는 어떠한 비밀이 있었던가

― 강명화의 애화

요부(妖婦)인지 명기인지 좌우간 여항에 말이 많던 강명화(康明花)는 23세의 젊은 목숨을 백만장자 장길상(張吉相) 씨의 외아들 장병천(張炳天)의 눈앞에서 끊어 버렸다. 그 이면에 서린 비밀은 과연 어떠한 것이던가. 매인열지(每人悅之)*하던 기생의 과거는 새삼스러이 말할 것도 없고 서모와 서숙모를 오래도록 모신 부형자제로서 기생에게 정 들이던 내용도 사시(斜視)로 기록할 것은 없다. 그러한 것은 다 덮어 두려니와 이번의 비극이 일어난 것만 미상불 눈물의 재료가 될 것 같다.

그네가 만난 뒤에 두 사람 사이에는 으레 있는 사랑싸움과 세상의 불신으로 혹은 손가락도 잘라 보고 혹은 구름 같은 머리도 잘랐으며 혹은 살을 깎아 변명하기 쉬운 남자의 마음에 자기의 참사랑을 증명하느라고 어찌 별난 생각을 한 일도 많았다고 한다. 그러나 마침내 끝까지 불행한 자기의 비운을 깨닫고 자살을 하고 만 것이다.

비록 장병천 한 사람은 강명화의 순진한 사랑을 믿고 있으나 장병천의 가정에서는 거의 강명화를 세상에서 무서운 요마(妖魔)로 인정을 하였으며, 사회에서 장병천을 부랑자로 대우하는 것도 단순히 강명화 한 사람의 탓이라고 생각하였다. 그러므로 강명화와 사랑의 살림을 누리게 된 뒤에도 장병천은 백만장자의 아들로 단돈 100원을 자유로 얻어 쓰지를 못하였으며, 허영의 생활을 하던 강명화도 몸값 한 푼, 비단옷 한 벌을 얻어 입지 못하고 간구한 살림을 누려 왔었다. 그러므로

* 모든 사람의 마음을 기쁘게 함.

강명화는 항상 장병천을 보고,

"나는 결코 당신을 떠나서는 살아 있을 수가 없고, 당신은 나하고 살면 사회와 가정의 배척을 면할 수가 없으니, 차라리 사랑을 위하고 당신을 위하여 한 목숨을 끊는 것이 옳소."

하며 더운 눈물을 흘릴 때가 많았었다.

이제로부터 한 달 전에도 종로통 6정목 32번지 자기 집에서 독약을 마시고 죽는다고 하는 것을 집안 식구가 간신히 말렸으나, 그 후로 그는 항상 안면에 수심을 띠우고 아침저녁으로 눈물만 짓더니 지난 6일 밤에 그는 장병천을 보고 몸이 불편하니 온양 온천에나 가자고 간청을 하였다. 그리하여 이튿날 아침 특별급행으로 떠나게 되었는데 그는 평생에 손을 벌리지 않던 전례를 깨고 장병천에게 옷감과 구두를 사달라고 하였었다. 평생 돈 드는 이야기는 들어 보지 못했던 장병천이는 즉시 옥양목 의복 일곱 벌과 흰 구두를 사주었는데 그것이 그의 수의가 될 줄은 강명화 자기밖에는 아무도 몰랐다.

경성을 떠날 때에도 세상 사람의 눈을 꺼려 장병천은 남대문에서 차를 타고 강명화는 인력거를 타고 용산으로 나아가 용산역에서 차를 탔는데, 약은 용산으로 가던 도중에 샀으며 집을 떠날 때에 강명화는 그 모친을 잡고 무한히 울었었다 한다.

마지막 여행으로 온천에 이른 강명화는 늘 자살할 기회만 타고자 하다가 마침내 10일 오후 11시경에 사두었던 쥐 잡는

약을 마셨다. 약을 마시고 난 강명화는 즉시 장병천의 품에 안겨,

"나는 벌써 독약을 마신 사람이니 마지막으로 안아나 주시오."

하였었다. 놀라운 소리를 들은 장병천과 마침 함께 있던 모씨는, 한편으로는 의사를 불러 약을 토하게 하며 한편으로는 경성으로 전보를 놓아 그 모친을 데려 내려갔으나, 강명화는 드디어 11일 오후 6시 반에 애인의 무릎을 베고 이 세상을 떠났다. 그가 이 세상을 떠나는 마지막 될 때에 장병천은,

"내가 누구인지 알겠나……?"

물으매 그는 눈물에 젖은 야윈 낯에 웃음을 싣고,

"세상 사람 중에 가장 사랑하는 파건……."

이라고 일렀다 한다. '파건'은 곧 장병천의 별호이니, 그의 마지막 일념은 오직 '파건' 두 자에 맺혔던 것이다.

시체는 그제 14일 오후에 경성 본집에 운반하였다가 어제 15일 오전 10시에 다정다한한 애사를 남긴 옛집을 떠나 일곱 대의 자동차에 가득한 호상(護喪)*과 애인을 뒤에 세우고 이태원 공동묘지에 파묻혔으니, 눈물 많고 말썽 많던 박복한 미인의 꿈같은 역사의 페이지는 영원히 덮이고 만 것이다.

---

* 장례에 참석하여 상여 뒤를 따라감. 또는 그런 사람.

그가 죽기 전까지는 별별 수단으로 강명화를 배척코자 애쓰던 장병천의 부친에게도 오히려 죽은 이에 대해 눈물이 있던지, 그제 14일 밤에 제문을 지어 가지고 친히 빈소에 이르러 간곡한 제례를 베풀었다 한다.

신문은 들은 대로 지면에 싣는 것이라 약간의 착오가 없지는 않으나 10분의 9는 실제 사실을 기록하였다.

이상으로 강명화 이야기가 이미 마친 줄로 알았더니, 천만 뜻밖에 〈동아일보〉 제1158호 제3면에 장병천이 자살한 기사가 게재되어 처량하고 끔찍한 막이 다시 열렸다. 그 기사는 아래와 같다.

부호의 독자, 장병천의 자살

— 어제 29일 새벽 3시에 애인 강명화가 자살할 때와 같이 쥐 잡는 약을 먹고

백만장자의 외아들 장병천이 쥐 잡는 약을 먹고 죽었다 하면, 누구나 먼저 강명화를 연상할 것이다. 코와 입으로 불길을 뿜으면서도 얼굴에는 쓸쓸한 웃음을 띠우고 "사랑하는 파건"을 불렀다는 몸서리나는 장면을 연상할 것이다. 그러나 장병천의 이번 죽음이 과연 강명화의 자살과 무슨 연관이 있는가.

강명화는 운명하기 전에,

"나로 하여서 당신의 앞날을 막게 되니까 나는 차라리 죽어 버리는 것이오."

하고 애인에게 충실했으나, 그 충실한 강명화의 애인 장병천은 과연 명화에게 충실했던지, 그것은 아직 의문이다.

애인의 시체를 수철리 공동묘지에 파묻고 난 장병천은, "다시 기생집은 아니 간다"고 굳세게 맹세를 하고 안타까운 회포를 위로하기 위해 안변 석왕사로 여행을 했다고 한다. 그러나 몇 주일 후에 돌아온 장병천은 얼굴이 몹시 파리했다. 그리고 "꿈에 강명화가 보이면 며칠씩 앓는다" 하고 약한 소리를 토로했다. 아녀자가 한을 품으면 오뉴월에도 서리가 내린다더니, 맺히고 못 풀리는 강명화의 영혼은 장병천의 신변을 떠나지 아니했던가.

장병천이 어린 가슴에 끔찍한 꼴을 보고 가슴에 못이 되어 지울 수 없는 상처가 된 것은 의심의 여지 없는 사실이겠지만, 그가 소위 연애생활에 얼마나 충실했던지 여부는 역시 의문으로 남아 있다.

그러나 비참하게 세상을 떠난 강명화의 간절한 소원이 끝끝내 틀려 나간 것은 역시 사실이었다. 첫째, 그는 애인의 출세를 희망했다. 그러나 장병천은 역시 한낱 부랑자일 뿐이었다. 자기 집안에서 사랑하여 주고 도와주기를 바랐었다.

그러나 장병천은 역시 백만장자의 외아들인 동시에 맨손에 맨주먹밖에 없는 무산자였다. 집안의 신임은 전과 다름이 없이 받을 희망이 없었을 뿐 아니라, 자기 역시도 애인 강명화의 고운 살이 썩기도 전에 청진동 어떤 기생의 집을 드나들게 되었다.

그 기생은 강명화의 친한 친구였으며, 얼굴 모습도 강명화와 비슷하게 생겼고, 머리 빗는 법까지 살짝 거슬러 올려 강명화와 똑같이 하고 다니는 기생이었다. 자기는 죽은 애인을 사모해서 그와 비슷한 모습이라도 바라보는 것이 일종의 위로가 되었을는지 알 수 없으나, 집안에서나 세상에서 보기는 여전한 부랑자로밖에 안 보였다. 그래서 첫째도 돈, 둘째도 돈, 셋째도 또 돈밖에 알지 못하는 그의 부친 장길상 씨가 여전히 돈 한 푼 안 주는 것도 무리가 아니라고 할 수밖에 없는 사실이었다. 그러므로 세상을 비관한 장병천은 "나는 죽을 수밖에 없다. 죽으면 수철리에 가 합장(合葬)을 하겠다" 이러한 말을 입버릇같이 해왔다고 한다.

그렇게 해오던 장병천은 어제 29일에 귀축축한 새벽에 쥐 잡는 약을 네 개나 먹고 22세의 젊은 나이로 이 세상을 떠나고자 하였다.

이를 발견한 집안사람은 곧 안상호 의사를 청하여 응급처치를 한 후 즉시 총독부의원 동6호실에 입원을 시켰다. 병실은 그 부친의 덕으로 일등실에 들어갔으나 입원한 지 10여 시간 만에, 같은 날 오후 2시경이 되어 그는 한 마디의 유언도 없이 이세상을 떠났다. 이때에서야 그의 모친과 누이와 집안사람들은 싸늘하게 식은 시체를 붙들고 목이 메어서 울었다. 그러나 자기 부친은 그 자리에도 없었다. 그 시간 남선 지방에 여행 중이므로 아직은 통지할 곳도 없다고 한다. 그가 외아들의 부음을 들은 때에 과연 어떠한 감상이 느껴질는지, 창문 밖에 내리는 쓸쓸한 찬비만 하염없이 계속 내릴 뿐이다.

― 유서는 발견, 내용은 극비리에

장병천이 최후로 남긴 말은 열 살 된 자기 누이동생 병부(炳富)를 잘 기르라는 부탁뿐이었다.* 유서를 써놓은 것이 있다 하나 그 내용은 아직 알 수 없다. 시체는 같은 날 오후 3시 반에 창신동 자택으로 운반하였다고 한다.

---

* 소설 속에는 장병천이 '무매독자'로 나오지만, 실제로는 누이동생이 있었던 것으로 보인다.

제2부

    토끼가 죽으면 여우가 서러워하고, 소나무가 울창하면 잣나무가 기꺼워한다. 이는 세상 만물이 각각 자기의 부류를 따라 서로 감응하는 자연의 이치다. 더구나 사람이야 얼마나 서로 사랑하고 서로 마음으로 보살펴 주는가. 이는 고금과 동서에 다름없이 오장에서 우러나오는 것이다.

    "저는 아무리 친한 친구로 지냈지만 비밀한 내용을 알지 못합니다."

하며 얼굴에 처량한 기색을 가득히 띠고 자연스레 눈물이 눈가에 가랑가랑하는 것을 남이 볼세라 조심하여 슬며시 고개를 돌리고, 손에 가졌던 수건으로 얼른 씻어 버리는 여자는 강명화 생전에 친형제나 다름없이 죽자 살자 가까이 지내던 친구 ○○○이다.

강명화의 내력을 자세히 듣고자 하는 어떤 사람이 일부러 수소문을 하여 ○○○를 찾아갔다. 이런저런 말 끝에 강명화 사건의 자초지종을 차례차례 물으니 ○○○는 그와 같이 냉정하게 대답했다.

질문한 사람은 너무나 맥이 빠져서 애꿎은 궐련만 빨다가 다시 한마디 묻는다.

"그대가 무슨 말을 하더라도 나는 다만 듣기만 할 따름이지, 절대 누군가를 향하여 아무개가 이러이러하게 말하더라고 입을 열 리 없으니, 조금도 의심 말고 그대가 아는 대로 다 이야기를 해주소. 내가 이처럼 물어보는 것은, 명화의 견고하고 확실한 뜻을 깊이 사랑하기 때문이라오. 그가 죽은 것을 두고 혹은 가엾이도 말하고 혹은 경멸하여 욕하기도 하여 시시비비가 사람마다 같지 않으니 그 내용을 자세히 알아, 내가 시원히 원통한 사정을 풀어 없애 주자는 뜻을 품어 왔소.

그리하여 평소에 명화와 가까이 지내면서 속사정까지 나누던 사람을 사방으로 수소문한즉, 많은 사람이 그대 외에 친하게 지낸 이가 없다고 하여 열 일 제치고 찾아왔는데 이와 같이 냉정히 말을 하니 내 마음이 너무나 섭섭하오. 너무 그리 말고 내가 묻는 말에 차례로 대답을 자세자세하게 해주면 비단 내 마음만 시원할 뿐만 아니라, 구천에 떠돌며 원혼이 된 명화가 가슴에 맺힌 원한도 풀어 버리고 세상의 창피를 벗는 데도 제일일 것일세."

그 여자는 마침 경대를 앞에 놓고 흑운 같은 머리를 빗다가 손님을 접대하느라고 아무렇게나 되는대로 머리채를 주섬주섬 북상투*를 틀고, 행주치마 자락에 분길 같은 두 손을 대강 훔치며 궐련 한 개를 피워 물더니, 말 묻던 손님의 얼굴을 물끄러미 바라보며 자초지종을 얘기하기 시작한다.

"에그, 영감께서는 별일을 다 물어보시네요. 저는 아무것도 알지 못하지만 점잖은 영감께서 이처럼 오셔서 물으시니 얼마간 말을 해보지요. 명화로 말하면 저와 의형제가 되어 성만 다르다뿐이지 한 부모 소생이나 마찬가지로 가까이 지낼 뿐 아니라 그 남편 장병천 씨와도 친남매처럼 지냈습니다.

그러하기로 부부 사이에 좋은 일이 있어도 와서 이야기를 하고 언짢은 일이 있어도 와서 내게 이야기를 했습니다. 그 부부 일이라고는 모르는 것이 없다고 해도 과한 말이 아닙니다.

명화의 성품이 좀 편협하다면 편협하지만 눈치 빠르고 경우 밝고 마음이 철석같이 단단하여 평생에 말 한마디 헛씹은 적이 없습니다. 다른 사람은 못 당할 설움을 당할 때마다,

---

* 아무렇게나 막 끌어 올려 짠 상투, 함부로 끌어 올려 뭉쳐 놓은 여자의 머리.

'아우님, 나는 아무리 생각해 봐도 죽는 것밖에 다시 도리가 없으니까.'

라고 하여 제가,

'형님, 그게 무슨 말씀이오? 메밀이 세 모라도 서는 모가 따로 있다고 구만리 같은 형님 앞날을 살아가다 보면 필경 좋은 날이 돌아오겠지요. 그런 마음은 두 번도 두지 말으시오.'

하며 그 마음을 위로도 많이 해주었습니다. 그때가 어느 때던가, 일본으로 유학을 갈 때에도 제 집을 왔어요. 자기 남편과 함께 와서,

'아우님, 우리 부부는 일본으로 공부하러 갑니다. 아무쪼록 잘 지내시고 멀리 가 있는 나를 잊지 말고 종종 안부 편지나 전해 주세요. 이번에 한갓 결심으로 떠나는 것이라 학비 한 푼 없이 겨우 노자만 변통하여 가지고 가니까 객지 고생은 자연 면치 못할 것입니다. 하지만 설마 백만장자로 이름이 알려진 우리 시아버님 영감께서 우리 부부더러 굶어 죽으라고 내버려 두시겠소.'

이렇게 말하고 떠나가더니 불과 몇 달이 못 되어 부쳐 온 편지를 보니까 고생도 많이 하고 죽을 지경도 많이 당했습니다. 결국은 공부도 못하고 목숨만 도망하여 고국에를 돌아왔으니 누가 반갑다고 손목 잡아 불러들이겠습니까?

병천 씨는 평양으로 내려가 은신을 하고, 명화는 팔이 들이

굽지 내어 굽는 법은 없으리라 하여 시댁으로 머리를 도끼 삼아 들어갔다가 끝끝내 내쫓김을 당하고 제게로 와서 설우니 즐거우니 울며불며 하면서도 말끝마다 차라리 죽어 세상을 잊겠다고 하였어요.

그 후로 성균관 근처 숭이동 월셋집에서 고생살이를 하다가 장 승지가 양사동에다 전셋집을 얻어 이사를 시킨 후, 인제는 시댁의 용납을 얻어 마음 놓고 발 뻗고 부부가 재미스럽게 살게 되었다고 너무나 좋아하더니, 오히려 고통이 한층 더하여 마침내 생명을 끊는 지경까지 되었지요.

이전에는 가까운 문밖에만 나가도 저더러 얘기하지 않은 적이 없더니, 죽으러 온양 온천에 갈 때에는 아무 말도 없이 싹 외면하고 갔어요. 제가 그 눈치만 알았다면 세상없어도 못 죽게 했을 것이지요."

말 묻던 사람이 다시 묻는다.

"죽는 것을 슬퍼하고 사는 것을 즐거워하는 것은 사람마다 다 마찬가지거늘, 스스로 생명을 끊어 버림은 무슨 사정이든지 꼭 맺히어 풀리지 못한 것이 있기 때문인데, 명화 죽은 뒤로 세상 사람들의 말이 천태만상으로 다릅디다. 어떤 이는 명화가 비록 기생의 몸이 되어 화류계에서 의문매소(倚門賣笑)*를

---

* 문간에 기대서서 지나가는 손님에게 웃음을 파는 것.

하였으나, 그 일정한 결심은 음란함을 즐기지 아니하고 마음에 맞는 남편을 만나 일부종사를 할 결심이다가 천행으로 장씨를 만나 백년을 기약하였더니 마침내 뜻과 같지 못하니까 목숨을 끊어 버렸다고 그 한결같은 지조를 칭찬하기도 하고, 혹은 그런 것이 아니라 명화가 죽은 것은 장씨를 위함이 아니요 어떤 남자와 본래 비밀한 정을 두어 아무 때든지 금전을 모아 가지고 서로 재미있는 살림을 하려는데, 장씨가 돈도 주지 않고 잔뜩 붙잡고 놓아주지 않으니까 애가 타서 죽고 어리석은 장병천은 자살하는 날까지 속아 지냈다 하여 옳고 그름을 아직도 분별하지 못하니, 그대는 그 시비에 대해 어떻게 생각하나?"

○○○는 얼굴에 분연한 빛을 띠며 자기가 억울한 소문이나 들은 듯이 견디지 못하다가 정색하여 말한다.

"아서십시오. 남이 억울하고 원통해할 말씀을 두 번도 마십시오. 그 사람이 죽은 것은 꼭 장씨로 인해서 죽었지요. 남의 잘한 일을 시기하고 잘못한 일을 드러내는 것은 뭐라 하지 않겠지만, 명화더러 장씨 이외에 다른 남자로 인하여 자살하였다는 말은 천부당만부당. 이치에 가깝지도 아니합니다.

생각해 보세요. 명화가 이미 기생의 몸으로 정 깊은 남자가 있으면 무엇이 두려워 살지 못하고 자살하는 지경까지 갑니까? 장씨가 본지아비라 두려워서 못하였습니까? 장씨 가정에서는 명화가 열 번 가 버릴수록 상쾌히 여기는데, 자기 세간살이며 의복, 패물까지 다 팔아 없애면서도 장씨 하나를 지키고 있었을까요?

제 말씀은 명화가 일부종사로 요조숙녀라는 것이 아니라, 화류계에 나선 계집이 남자들에게 친근히 대우하는 것은 기생의 면치 못할 신세지만, 명화는 참 단단하고 결심 있는 사람이올시다. 한번 장씨와 인연을 맺은 후로는 세상없이 잘생긴 사람이라든지 부자라도 절대 돌아본 체 아니했습니다. 마음에 한번 정한 생각이 장씨 댁 문하에 해골을 누일 작정으로 그 고생 그 학대를 모두 다 받으면서도, 개미가 금탑 모으듯 해온 그 금전을 모두 없애면서도, 기어이 장씨와 떨어지지 않고, 어떤 일을 당하던지 부부의 금실이 깨 쏟아지듯 재미있게 살아 보려다가, 공든 탑이 무너진다고, 그 몹쓸 죽음까지 당했습니다.

영감 하시는 말이 어디서 생겨난 것인지 저는 짐작합니다. 명화가 기생으로 있을 때부터 흑심을 품고 추근거리던 남자가 제 욕망을 이루지 못하자 미워하는 마음을 갖고 어떻게든 명화의 이름값이 떨어지게 하자고 그런 말을 지어내기도 하였을 것입니다.

또는 화류계 인물은 피차 한가지지만 본래 심보가 잡되어 이놈 삿갓 씌우고 탁 쳐 버리고, 저놈 등골을 뽑아내고 거절해 버려, 제가 제 행실을 생각해도 추잡한 줄로 아는 동류 여자가 명화의 행실과 지조를 칭찬하는 것을 시기하여 그런 말을 지어내기도 하였을 것입니다.

또는 이런 말씀 하기가 어렵습니다마는 장씨 댁내에서 병천 씨가 명화 죽은 것을 원통히 생각하지 못하도록 그런 말을 꾸며 내어 병천 씨 귀에 들어가도록 한 것인지도 알 수 없습니다.

안변 석왕사의 어떤 여관 마누라는 더구나 우습지요. 명화 살아서 제 약 먹으러 갔을 때에는 병천 씨 듣는 데 명화가 하늘에 닿을 듯이 어여쁘니, 얌전하니, 세상에 드문 이라 하며 입에 침이 마르도록 칭찬을 하다가, 명화 죽은 후로는 병천 씨를 향하여 별별 패담을 다 하였으나, 천생배필로 피차 마음을 허락하여 서로 창자를 나눌 만큼 굳게 언약했던 병천 씨 마음이 변하여 그런 참소의 말을 곧이들을 리가 있습니까? 필경은 병천 씨가 따라 죽는 일까지 생기고 말았습니다. 하지만 그 마누라가 억하심정인지 최근에도 누가 명화의 이야기를 하면,

'에구 다 몰랐소? 명화가 장씨 때문에 죽은 줄 아시오? 정작 남자가 따로 있어서 그 사람 못 잊어 죽었다고.'
하고 말하는데 들으시는 양반들은 반신반의하시나 봅니다.

영감께서는 명화 듣기에 억울한 말씀을 두 번도 마시고, 누가 말하거든 기어이 허물없음을 밝혀 주셔서 명화의 영혼이 감사히 여기게 해주십시오."

"자살하기 전에 병천을 가끔 만나 보았을 텐데, 병천은 무엇이라 하던고?"

이렇게 손님이 묻자 ○○○의 말문이 다시 열렸다.

"예, 만나다뿐입니까. 자기 마음이 울적해도 찾아오고 명화를 보고 싶어도 찾아와서 저와 명화가 형제처럼 지내던 말도 많이 했지요. '그 사람의 고생이 극심했지만 그렇게 죽을 줄은 몰랐다'는 말로 시작하여 '그 사람이 나 때문에 죽었는데 나는 무슨 낯으로 이 세상에 홀로 살아 있으리' 하는 말을 하며 옷깃이 흠씬흠씬 젖도록 우는 모습은 사람의 눈으로는 차마 볼 수 없었지요. 하루걸러 날마다 명화 생각만 나면 제게로 와서 아무 넋이 없이 앉았다도 가고, 하던 말을 되풀이도 하여 평소의 모습을 찾아볼 수가 없었습니다.

어느 날은 석왕사로 내려가 여름이나 지내고 오겠다 하더니, 얼마 후에 석왕사에서 방금 올라오는 길이라 하며 석왕사에서 슬픔에 싸여 지내던 이야기를 한바탕 이렇게 늘어놓았습니다.

'그곳을 처음 간 것이 아니라 몇 해 전에 명화와 함께 내려가 식전의 맑은 공기와 삼경에 달 밝을 때 손길을 마주 잡고 이리저리 산보하던 곳이니라. 밤마다 제일 많이 가서 놀던 곳은 신선이 하늘로 올라간 승선교(昇仙橋)라 하지. 승선교 돌난간에 의지해 앉아서 그 아래 맑은 물결이 출렁출렁 흐르는 곳에 비치는 달빛을 희롱하느라고 조약돌도 툭툭 던져 보고 달빛에 거꾸러진 나무 그림자를 단장으로 득득 그어 그림도 그려 보고는 했네. 인적이 고요하여 약수 먹으러 다니는 사람이 뚝 그치면 나는 무릎장단을 치고 명화는 시조 가사도 부르고 저의 고향 소리 〈수심가〉도 부르며 알뜰한 취미로 시간을 보내곤 하였더니 이제는…….

외로운 내 한 몸이 거기 울연히 앉았더니 지난 일이 눈앞에 삼삼하여 다 만나게 되니 긴 한숨만 나올 뿐이다. 여관 한등(寒燈)에 잠을 이루지 못하고 승선교에를 나아가면 물도 변함없이 흐르고 달도 변함없이 밝은데, 다만 그 사람 하나만 보이지 않는구나. 우리 둘이 잠이 오지 아니하여 눈이 말똥말똥하면 새벽 서너 시가 되도록 여관으로 들어갈 마음이 없어 애꿎은 궐련만 쉴 새 없이 빨아서 혓바닥이 턱턱 갈라질 뿐이다. 다리로 건너갔다 건너왔다 하며 지나간 뒷일을 생각한즉, 오장이 무너질 듯하고 오는 앞일을 생각한즉 가슴이 답답하여, 한 가지 시원하고 상쾌하기는 내 생명 끊어 버려서 세상사 다 잊어버리는 것이 상책이다 싶었다.

그리하여 죽을 방법을 연구해 본즉, 물에 빠지자 하니 그 물이 별로 깊지 않고, 나무에 목을 매자 하니 새끼 한 발도 준비가 되지 않았었다. 죽지 않으면 모르거니와 기왕에 죽을 생각이면 우리 정인이 마지막 먹고 죽던 쥐약을 먹어야 죽기도 수월히 될 것이요, 그 약을 먹고 우리 정인이 얼마나 고민을 겪다가 나를 버리고 세상을 떠났는지 알고 죽겠다 생각을 하고 마지못해 여관으로 돌아왔네.

한잠을 실컷 자고 난 주인마누라는 나를 기다리느라 잠을 이루지 못한 듯이 가장을 하며 마주 나와 손목을 잡아 침실로 인도하며, '어디 가 이렇게 오래 계셨습니까? 밤이 벌써 4시나 되어 오래지 않아 날이 밝겠는데 졸리지도 않으십니까? 나는 나리 기다리느라 자지도 않고 동구에를 몇 차례 나가 보았는지 몰라요. 시장도 하실걸. 무엇 잡수실 것 좀 차려 올까요? 진지를 데워 올까요, 율무죽을 좀 쑤어 올까요?' 하고 묻는 말에, '나는 아무것도 먹을 마음이 없으니 너무 염려 말고 어서 가서 편히 누워 자오.' '내 걱정은 말으시오. 잠도 젊어서 말이지, 쓸데없는 나이만 먹어서 잠이 점점 없어져서 잠시 동안만 눈을 잠깐 붙이고 나면 다시는 잘 수가 없어 공연히 홀로 일어나 앉아 담뱃대만 가지고 씨름질을 한답니다. 나리 잠드시는 것을 뵈옵고 천천히 가도 관계치 아니합니다.' 그 밤을 한 잠 못 자고 조반을 먹는 체 마는 체한 후 첫차를 타고 떠나 경성으로 올라온즉 역시 별별 상쾌한 일이 없으니 어찌하면 좋은가?'

그 말을 들은 저 역시 기가 막혀 눈물이 괜히 솟아 나오는 것을 억지로 참고 좋은 말로 이렇게 위로를 하였습니다.

'나리, 내 말씀 들어 보시오. 나리 신분으로 말씀드리면 당당한 사부 댁 귀한 자제로 재산이 삼남 갑부시요, 앞날이 구만 리 같은 청년이신데 도량을 넓게 가지셔서 천하의 큰 사업을 하실 준비를 하시는 것이 마땅합니다. 왜 공연히 마음만 상하시고 천금 같은 귀체를 돌보지 않으셔요? 명화로 말하면 제게 친형이나 조금도 다름없지만 나리 가슴에 못을 박고 죽은 것은 너무 지나친 일이지요. 자기 사정이 오죽 절박하여 생때같이 싱싱한 목숨을 끊기까지 했겠습니까마는, 역시 전생에 내외 분이 몹쓸 업원이 있다가 이생에서 피차 만나 보복을 하느라고 그 지경이 된 것이올시다. 오늘부터는 명화가 나의 애물이거니 여기시고 다시는 마음에 두지 말자 결심하셔요.'

이런 말로 누차 권고도 했습니다. 장씨가 여기 와서 자기 집으로 들어갈 마음이 없다고 타처로 지향 없이 가겠다는 말을 할 때면, 억지로 강권하여 인력거를 부른다. 하인으로 안내를 시킨다 하여 보내기도 여러 번이었습니다.

하루는 오더니 슬픈 기색으로 아무 말씀도 없이 저 마루에 걸터앉아서 올라오라 해도 아니 듣고 시장하냐 여쭤도 대답이 없더니 이런 말을 하셔요.

'나는 오늘 이 집에 마지막으로 다녀가니 부디 잘 지내오.'

저는 아무 이유도 모르고 물었지요.

'왜 그러시오? 그게 무슨 말씀이세요? 내가 무엇을 잘못해서 절교를 하십니까? 이 집에를 마지막으로 왔다는 말씀이 무엇이옵니까? 제가 잘못한 일이 있거든 선은 이러하고 후는 이러하다 말씀을 하셔서 피차에 풀어 버리실 것이지, 상하와 남녀는 다를망정 형제자매나 다름없이 지내시던 사이에 졸지에

무슨 노여움으로 이리 하셔요?'

　장씨가 고개를 푹 숙이고 한동안 앉았다가,

　'아니오. 내가 일호반점도 잘못된 것이 있어 그 말을 한 것이 아니오. 마음속에 작정한 일이 한 가지 있어 지금까지 지내 온 정을 생각하면 그 말 한 마디도 아니할 수 없었다오. 더 묻지 말고 나중에 들으면 나의 뜻을 짐작하리다.'

하고 잘 있거라, 인사 한 마디를 다시 하고 떨치며 가더니 불과 며칠 만에 〈동아일보〉를 보니까 '백만장자의 외아들 장병천이 자살'이라는 기사가 있어요. 참 기막혀요. 그 기사를 보니까 사람이 살아 있달 것이 없어요. 제 집에 찾아와서 명화를 생각하고 슬퍼서 눈물짓던 것이 눈에 선한데 그 사람마저 그만 죽어서 이 세상에 흔적을 쓸어 버렸어요.

　입은 비뚤어져도 말은 바로 하라는 말이 있듯이, 장씨가 죽는 것이 의리에 당연하지요. 사람이 자기 때문에 생때같은 목숨을 끊었는데 자기는 여전히 살아 있으면 의리가 아니지요. 어떤 양반은,

　'장씨가 어림없는 위인이지. 요망한 일개 여자를 못 잊어 제 목숨을 끊어? 죽을 마음을 품을 것이라면 국가나 민족을 위하여 위대한 사업을 하다가 죽지. 그랬으면 이름이나 후세에 길이 남기나 하지 한낱 창기를 따라서 죽어?'

하고, 또 어떤 양반은 그 말에 반대하기를,

'병천이가 죽을 수밖에 없지. 창기 말고 그보다 더 미천하더라도 사람 목숨이 자기 때문에 끊어졌는데 홀로 살아 있을 수가 있나. 명화를 창기로 본 것이 아니라 부부가 된 이상이라면 정리가 결발부부(結髮夫婦)*보다 못할 것이 무엇인가. 자기 때문에 원통한 죽음을 하였으니 한 무덤에 묻히는 것이 당연도 하고. 또는 이팔청춘 여자가 그같이 원통하게 죽었으니 그 맺혀 풀리지 못한 원귀가 병천의 주변을 떠나지 않을 것이니 제가 안 죽을 수 있겠나. 잘 죽었나니 잘 죽었어. 안 죽고 있으면 명화의 원혼이 풀어지지 않을뿐더러 자기 집안에서도 불화가 오죽 더하였겠나. 병천이가 마저 죽더니 그 집에 아무 소문이 없이 잠잠하데그려.'

이런 별별 소리를 다 들었습니다. 하지만 제 생각에도 장씨가 안 죽지는 못하여요."

하며 졸지에 명화 생각이 와락 나는지 눈물을 뚝뚝 떨어뜨리며 한숨만 길게 쉰다.

"영감, 다른 말씀을 하십시오. 명화의 이야기를 하면 눈물이 절로 샘솟듯 합니다. 그런데 저는 공연히 억울한 말을 들어 분한 일 한 가지가 있습니다."

묻던 사람이 ○○○가 갑작스러운 이야기를 하는 것을 듣고,

---

* 총각과 처녀가 혼인하여 맺은 부부.

혹시나 자기가 다심히 묻는데 무슨 감정으로 그리하나 하여,

"그게 무슨 말인가? 내가 무슨 억울한 말을 자네에게 하였단 말인가? 다른 사람이 그리하더란 말인가?"

○○○가 생긋 웃으며,

"아닙니다. 영감이 무슨 말씀을 하셨나요. 그때 〈동아일보〉에 장병천이가 얼굴도 명화와 같고 태도도 명화와 같고 피부와 앞이마 다스리는 것까지 명화와 흡사한 여자의 집에를 종종 다녀 신정이 흡흡하다고 하였는데, 사실 그 말이 저를 지목한 말이올시다. 신문 기자가 장씨가 종종 제 집에 오는 것을 알고 그렇게 신문에 냈으니 그런 억울한 일이 있습니까마는 군이 해명할 것이 없어 내버려 두었습니다. 그 신문 기자가 장씨와 제가 남매지간으로 가까이 다니는 것은 모르고 그렇게 기재했나 봅니다."

하고는 문득 생각이 났다는 듯이,

"옳지! 영감 보실 것이 하나 있습니다. 제 집에 다니는 어떤 양반이 장씨 자살하던 일을 소설체로 기록을 했습니다. 어찌나 처량스러운지 볼 수가 없어요."

하며 문갑 서랍을 열더니 보풀이 일어 거의 찢어지게 된 두루마리를 내어 주는데 만지장설을 깨알같이 기록하였다.

깎아지른 듯한 웅장한 산이 하늘에 닿았는데 굽이처 흘러 돌

아오는 청계수는 산골마다 내려오는 물을 받아 함께 흘러내리면서 폭포도 되고 용소도 되며, 물가에 기암괴석이 형형색색으로 둘러서 있는 틈틈이 고송나무가 그림 속같이 서 있다. 솔 사이마다 붉고 흰 여러 나무의 꽃향기는 바람결을 좇아 사람의 코에 훅훅 끼친다. 좌우로 살펴보아도 인가가 별로 없고 이따금 뻐꾸기 소리만 이 나무 저 나무에서 들릴 뿐인데, 어떤 청년이 여름 양복을 산뜻하게 입고 외나무다리 위에 홀로 우뚝이 앉아 하염없이 죽죽 울기만 하다가 벌떡 일어서더니,

"다 쓸데없다. 경성으로나 올라가서……."

하며 정거장을 향해 가는 그는 누구인가. 꽃 같은 정인을 원통히 이별하고 애끓는 장변천이요. 그곳은 강원도 삼방 산골이다. 병천이가 석왕사에 내려와 있다가 경성으로 올라가려 기차를 타고 오다가 무슨 생각이 있어 삼방에서 내려 그와 같이 방황하는 것이다.

처음에 석왕사로 내려간 것은, 명화를 원통히 잃고 인생사 만 가지에 뜻이 없어 세상을 멀리하고 산중에서 평생을 마치리라 함이려니. 심사가 어지러워 밤마다 잠을 잃고 고생고생하는 중 눈만 감으면 곧 명화가 곁에 와서 이러한 말로 권고를 한다.

"나리, 왜 이곳에 내려오셔서 외로이 고민하세요? 그러지 말고 어서 댁으로 올라가세요. 아무리 이러하신대도 한번 죽은

내가 다시 살아올 리 만무하니 쓸데없이 극도로 생각하시면 천금 같은 귀체만 손상되시고, 따라서 명예까지 더욱 타락될 것이니 어서 하루바삐 올라가세요. 나리는 모르시겠지요. 댁에서 재물을 모으면서 남의 원망을 쌓은 것이 자연 적지 않아 사방에 원성이 가득한 것은 마땅히 짐작하실 것이나, 남의 원망을 사라지게 하셔야 나리 앞길이 열릴 것입니다. 또는 나 한 몸으로 인하여 명예가 타락된 것은 내가 살아서 항상 근심하던 바이니 사람이 명예를 회복하지 못하고 어찌 세상에 서 있겠습니까? 그러한즉 지체 말고 어서 상경하셔서 영감께 사정을 말씀드리시고 충분한 금전으로 자선사업을 많이 하시는 동시에 남의 원한도 풀어 주고 나리 명예도 회복하세요."

이러한 꿈이 생시와 마찬가지로 똑똑하기를 한두 번이 아니요 계속 밤마다 있으니까,

"허, 이 사람이 유명이 다르건마는 나를 위하여 밤마다 와서 지성으로 권고하니 시험을 안 해보는 것은 나의 도리가 아니다."

하고 이튿날 첫차를 타고 떠나 경성으로 오다가 삼방 정거장에 당도했는데, 몇 해 전에 정인과 함께 그곳에서 내려 사방을 두루 산책하며 약수를 먹으러 가던 일이 문득 생각났다. 마치 명화가 앞서서 내린 것같이 분주히 내리고 보니 맹랑한 일이라 도로 그 차에 올라타려다가 다시 생각하기를,

"정인은 아무리 없더라도 손 씻고 발 씻으며 앉아 놀던 곳이니 다시 가보겠다."

하고 삼방의 기기괴괴한 폭포를 두루두루 찾아보다가 그 다리 위에 앉았다. 사면을 둘러보아도 산천은 옛날 그대로요 정인은 간 곳이 없다. 간장에서 솟아 나오는 눈물이 앞을 가려 오래 그곳에서 견딜 수 없으니까 어쩔 수 없이 다시 정거장으로 와 차를 탄 것이다.

간신히 자기 집으로 올라와 잠시 자기 부친에게 문안한 후 작은사랑으로 물러 나와 이불을 뒤집어쓰고 수일 동안이나 정신없이 누워서, 장차 앞으로 차례차례 진행할 일을 몇 가지 작정을 하였다. 그리하여 그 일들을 자기 부친에게 고하여 빈민 구제와 고아 교육과 각 사회 보조에 쓰겠노라고 10만 원을 달라 하였다. 장 승지는 그 아들 마음을 차차 안정시킬 생각으로 서슴지 않고 쾌히 허락해 주었다.

병천은 자기 아버지의 허락을 받으니 꽤나 안심이 되어 이전에 어울리던 부랑한 친구는 모조리 거절하고, 유식 계급이 되어 사업에 착수할 계획을 연구하는 중이었다.

그때 한동안 꿈에 안 보이던 정인이 미간에 근심하는 빛을 가득 띠우고 곁에 와 앉더니,

"나리, 잠을 그만 주무시고 정신 좀 차리세요. 큰 재앙이 닥쳐오는 것을 알지 못하시고 이렇게 계시면 어찌합니까?"

평양 기생 강명화전

병천은 깜짝 놀라 명화의 손목을 잡고 묻는 말이다.

"큰 재앙이 닥쳐오다니! 또 무슨 화변이 남아 있어 내게 일을 맡기려고 하나, 아무리 생각해 봐도 깨닫지 못하겠는걸."

명화가 눈물을 비 오듯 흘리면서,

"진정이지 우리 나리, 불쌍도 하십니다. 열 번 죽어도 아까울 것 없는 이년으로 인하여 가정과 사회의 핍박과 비난을 두루 당하시다가 나 하나 없어졌으니 이제 탈 없이 편안하게 아무 곤란이 없으실 줄 알았더니 나 죽은 보람도 없이 또 큰 화변이 생깁니다."

병천도 마주 울며,

"나의 풍파는 내 전생의 죄로 이생에 와 받는 것이지 그대의 죽고 사는 것과 무슨 관계가 있겠나. 사실 나의 죄로 그대의 꽃 같은 생명을 버리기까지 했으니 염치없이 살아 있는 내 마음은 몸 둘 곳을 알지 못하겠구려. 그뿐인가. 석왕사에서 그대가 밤마다 권고하는 말을 듣고 즉시 상경하여 아버님께 10만 원 처분을 물어 사업을 진행하려고 하거늘 또 무슨 까닭으로 재앙이 온다는 말인가?"

명화는 병천의 가슴 앞에 고개를 푹 숙이고 흑흑 흐느껴 목이 메어 울며,

"나리, 우리 나리, 참 기가 막혀 아무 말도 못하겠습니다. 나의 어리석은 소견에는 나리가 내 말과 같이 충분한 금전으로

좋은 사업을 많이 하시면 가정에 화목한 분위기도 다시 생기고 사회의 명예도 회복되실 줄로 알았습니다. 그런데 조물주가 우리를 끝끝내 미워하여 일마다 시기를 하는 것인지, 아니면 나리 가정에 왕래하는 자가 자기가 꼭 가져야 할 권리를 앗으려 함인지. 그것도 아니라면 타인들이 나리 댁을 미워하여 장씨 집안에 장차 동량이 되실 나리를 꺾어 없애려고 헐뜯는 것인지는 알 수 없으나 나리가 금전을……."

그다음 말은 하지 않고 얼마쯤 울기만 하다가,

"자세한 말은 할 수 없거니와 계획하시던 일은 다 그만두시고, 문을 닫아걸고 책이나 읽으시면 남들이 무어라 하겠습니까."

병천은 더욱 의아하여,

"왜 하던 말을 자세히 끝까지 일러 주지 않고 중단하고 마는가?"

하였더니 명화가 고개를 저으며,

"그만하면 나리 심령은 깨워 드렸으니 나는 갑니다."

하며 사라졌다. 정인이 벌써 간 곳이 없고 서산에 지는 달빛만 창문에 희미할 뿐이다. 다시 잠을 이루지 못하고 정인이 꿈에 이르던 말을 곰곰 생각해 보니 하도 뚜렷하여 아주 의아한지라 혼잣말로,

"이왕에 누차 경험하였거니와 우리 정인의 영혼이 나를 알뜰히 위하여 여러 번 현몽하였는데, 그 이르던 말이 한마디도 빗

나간 적이 없으니 이번에도 허언 될 리 만무하다. 아버지께 부탁한 금전도 찾을 것이 아직 없고, 여러 가지 교섭하는 일도 중지하여 다음 일을 보아서 조처하리라."

하고 사회 친구가 누구든지 막론하고 찾아오는 모든 이를 거절하고, 머리를 싸고 누워 문을 첩첩이 닫아 버렸다.

그때 과연 자기의 심복으로 다니는 사람이 분주히 들어와 비밀스레 전하는 말이,

"큰일 났네. 까닭은 알지 못하나 근래에 경찰이 긴장하여 자네 뒤를 대단히 주목하니, 필경 오래지 않아 무슨 좋지 못한 일이 생길 것 같아. 자네가 금전을 마음대로 쓰지 못하게 한다고 함함하여* 부친을 살해할 목적으로 모임을 조직해 스스로 회장이 되어 운영해 왔고, 암살 계획을 꾸민다고 시비가 분분하니 그 아니 딱한 일인가. 내 생각에는 자네가 아직은 아무 일도 하지 말고 가만히 들어앉아 있는 것이 옳을 듯하이."

병천은 그 말을 한바탕 다 듣고 정인이 현몽해서 하던 말을 생각하니 가슴만 답답해지고 아무 생각이 나지 않았다. 어름어름하는 말로 겨우 대답하여 그를 보낸 후 이러한 결심을 한다.

"에라, 이것저것 다 쓸데없다. 나 한 몸 죽어 없어지면 그만이지 여러 말 할 것이 무엇 있느냐. 내가 오늘날까지 안 죽고 살

---

* 몹시 굶주려 부황이 나서 누르퉁퉁하다.

아 있는 것부터가 의리가 아니다. 우리 정인은 고통을 견디다 못해 부모 동생을 다 버리고 나 하나만 위하여, 꽃으로 이르면 봉오리 같은 생명을 스스로 끊어 버렸는데 나는 떳떳지 못한 생명을 무슨 낯으로 이때껏 살아 있다가 인륜을 저버리는 죄명까지 듣노. 이미 죽기로 결심했으면 칼로 죽을 것도 아니요 물에 가 빠지거나 목을 맬 것도 아니라, 우리 정인이 마지막 먹던 쥐약을 먹어 정인이 얼마나 고민하고 애끊다가 마지막 길을 갔는지 알아보겠다."

하고 그길로 비밀히 수소문하여 쥐약을 사가지고 유서까지 써서 요 밑에 넣어 놓고 그 약을 먹어 버렸다.

슬프다, 장병천의 죽음이여! 장씨 집에 큰 재앙이로다. 장씨의 집은 여러 대에 걸쳐 세도를 누린 집안으로 불행히 그러한 화변이 생겨서 그 부모의 원통함은 말할 것이 없거니와, 세상 사람들은 남의 말 하기를 좋아해서 떠들어 댄다. 혹은 병천을 나무라며,

"실없는 자식, 계집이 무엇이관대 부모를 모시는 자식이 그 부모를 버리고 헛되이 죽었는고."

하고 혹은,

"병천이가 죽은 것은 계집을 따른 것이 아니라, 그 부모가 구박해 죽을 수밖에 없도록 하였지. 계집을 따라 죽으려 하면 명화 죽은 그때에 곧 죽었을 것이지, 이 일 저 일 다 해보려다

가 어쩔 수 없이 부득이하게 죽었을 리가 있을까?"

하였다.

　보기를 다 한 후에 ○○○가 그 손님에게,

　"그만하면 병천 씨 죽은 것을 자세히 아시겠지요? 또 한 가

지 보실 것이 있습니다."

하고 말하며 두루마리 하나를 또 내어 준다. 손님이 먼저 보던

것은 둘둘 말아 놓고 나중에 준 두루마리를 차례차례 펴서 본

다.

강춘홍 소전

석왕사로 올라가는 길 입구에 양옆으로 즐비하게 늘어선 것은 약수를 마시러 오는 손님들을 상대하는 여관들이다. 그 중심의 큰길 왼편에 있는 큰 여관은 봉래여관(蓬萊旅館)이라고 부르는 곳이다. 여관은 마당이 매우 넓어 일이백 명은 무난히 들어설 정도다.

어느 날 장마 끝에 달이 낮같이 밝은데, 그 마당 안에 사람들이 빽빽하게 늘어앉았다. 마당 한가운데 석유통을 넣었던 궤짝을 놓고, 그 위에 나이 스무 살가량 되는 여자가 서 있다. 한 손에는 종이를 들고 다른 한 손에는 붓을 든 채 꾀꼬리 같은 음성으로 가득 모인 청중을 향해 마치 피가 끓어오르는 듯이 이러한 연설을 한다.

"저는 남자가 못 되고 여자로 태어났습니다. 여자 중에도 귀부인의 따님이 못 되고 제일 천한 화류계의 기생 신분이올시다. 기생의 신분으로 지체 높으신 여러분 앞에 무슨 말씀을 올릴까마는, 오래전부터 품어 온 소견이 있어 외람됨을 무릅쓰고 한 말씀 드리고자 합니다."

이렇게 운을 떼고는 섬섬옥수로 좌석 한 편을 가리키며 말을 잇는다.

"저기 늘어앉아 계신 여섯 분은, 아까 강연하실 때에 누구이신지를 다 아셨을 것이올시다. 그분의 강연하시는 말씀을 응당 자세히 들어 계시려니와, 만 리 해외에 유학하시는 중 여름방학을 맞이해 잠시 귀국하신 사이에, 우리 동포들의 지식이 어두운 것을 근심하셔서 괴로운 더위에 험한 길도 마다하지 않고 전국의 각 도 각 군으로 순회강연을 하고 계십니다.

우리 동포들은 그들의 그 성의에 어디까지나 감사하온데, 마침 공교롭게도 큰 장마로 교통이 두절되어 예정된 일정 이외에 여러 날을 객지에서 머물게 되셨습니다. 그런 까닭에 빠듯하던 여비가 다 떨어지신 듯합니다. 객지에 나와서 여비가 없으면 무상한 고초가 있음은 불 보듯 뻔한 일이 아니오니까.

저 여섯 분은 우리를 위해 먼 길을 직접 발품을 팔면서 피를 끓여 지성으로 수고를 하시다가 이러한 곤경에 빠지셨는데, 우리는 호강스럽게 몸 편히 이 명산대천에 놀이 삼아 와 있으면서 그런 분에게 동정을 드리지 아니하면 어찌 사람의 도리라고 하겠소!

우리는 행탁(行橐)*의 여비를 떼어서라도 우리를 위해 다니시다 곤욕을 겪고 계신 여섯 분의 노자를 10분의 1이라도 돕는 것이 사리와 체면에 당연한 줄로 생각하고, 당돌히 언단에 올라와 두어 마디 말씀드립니다. 저는 기생 강춘홍(康春紅)이온데, 약소한 부끄러움을 무릅쓰고 5원 금을 바칩니다."

그 말이 그치자 가득한 관중이 다투어 춘홍의 앞으로 나와서 각기 금전을 내놓는다. 나는 김 아무개요 몇 원으로 적어 주오. 나는 박 아무개요 몇 원으로 기록하오. 나는 누구요, 나는 아무요…… 하며 분분히 들여놓는 돈이 순식간에 100여 원이 되었다.

그 일은 일시적으로 지나간 바이나, 그때 석왕사 여관마다 남녀가 가득가득히 있어서 무려 수백 명인데 유학생들이 곤경에 처했음을 뻔히 알면서도 한 사람도 그런 생각을 하지 못하였다.

춘홍은 일개 화류계에 몸이 떨어진 어린 여자로서 그러한

---

* 노자나 행장을 넣는 여행용 전대나 자루.

일을 솔선수범하여 많지 못한 자신의 여비를 아끼지 않고 내어놓으며 일장연설 한 번에 그 학생들이 예정한 일정대로 강연을 다 마치고 경성으로 돌아가게 했다. 이 일 한 가지만 미루어 보아도 춘홍의 인물 됨됨이를 충분히 짐작할 만하다.

춘홍이 항상 하는 말이,

"내 팔자가 기구하여 이 못된 기생이 되었지만 어디까지든지 마음은 바로 먹어 남이 못할 노릇은 혀를 깨물고 아니하다가, 내게 맞는 사람을 천행으로 만나면 굶으나 벗으나 해골을 누이어 더러운 누명을 씻고 말 것이다. 지금부터라도 문을 닫고 손님을 보지 않고, 내 몸을 조촐히 했으면 좋겠지만, 팔십노인 우리 조모께 봉양할 도리가 없으니 뻔히 알면서도 이 노릇을 하릴없이 하고 있구나. 우리 조모께 아들이라도 있으면 손녀 되는 나에게 무슨 대책이라도 있을 것이지만, 우리 아버지는 못된 약을 잡수시다가 중년에 그만 돌아가시고 다만 못난 나 하나뿐이니 조모 봉양을 어느 누구에게다 미루고 모르는 체할까."

하여 죽기보다도 싫은 기생 노릇을 하는 강춘홍이었다.

본래 가냘프고 약한 체질인데 밤을 낮 삼아 놀음을 받아 돌아다니니 자연 몸이 건강치 못하여 여러 첩의 약을 지어 가지고 석왕사로 내려왔다. 거기서 약도 먹고 약수도 마시며 잠시 요양을 하던 중, 순회강연하는 유학생들이 큰 장마에 교통이 두절되어 여비에 곤란을 겪는 것을 보고 그와 같이 아름다운 일을 한 것이었다.

그 후 얼마간 더 약을 먹고 있다가 가을이 되어 서늘한 기운이 도니까 경성으로 올라왔다. 그러나 인생이 무엇인지 해만 지면 곧 요릿집 인력거를 타고 죽기보다 가기 싫은 곳을 가서 친한 손님, 서투른 손님의 비위를 맞춰 가며 술도 따르고 소리도 하노라니 돈도 귀찮고 살이 슬슬 내릴 때가 많았다.

"닭이 천 마리면 그중에 봉이 있다는데 그렇게 많은 손님 중에 내 마음에 맞는 자가 혹 있으런마는……."

이러한 마음이 들 때도 없지 않았다.

어떤 경박하고 무도한 이가 있어서 춘홍을 감언이설로 속여 그 연약한 창자를 애끊던 것은 말할 것 없었다. 그러다 춘홍의 앞길이 밝으려는지 어두워지려는지 어떤 다리 근처에 사는 한 부자의 아들이 춘홍을 보고 마음을 기울여 찾아다니게 되었다.

그자의 성은 송가인데 부모가 재산을 꽉 쥐고 내어 주지를 않았다. 돈을 제 마음대로 쓸 수는 없고, 등이 달아서* 애만 부등부등 쓴다.

춘홍은 그 사람이 자신을 굳이 마다하지 않고 보통 사람들

---

* 등이 달다 : 마음대로 되지 아니하여 몹시 안타까워하다.

과 같이 평범할 뿐 아니라, 재산이 넉넉한 집 자식이니까 지금
은 옹색해도 후일에는 남부럽지 않게 살 수 있겠거니 싶었다.
노류장화(路柳牆花)*로 지내는 게 소원이 아니니까, 춘홍은 송
씨와 백년가약을 맺기로 결심하고, 서로 그러하기로 의논이 되
었다.

송씨는 춘홍의 조모를 향하여 빚이 얼마나 되는지 묻고 자
기가 다 청산해 줄 것이니 춘홍은 자기가 데려다가 살림을 하
겠다고 큰소리를 치며 희떠운 표정을 짓는다.

춘홍의 조모는 연세가 팔순으로 춘홍을 지팡이 삼아 의지
하고 있다가 그 말을 들으니 가슴이 선뜻하기는 하나, 춘홍의
신분을 생각한즉 기생이라는 것이 때가 있어 한때 손님을 넘기
면 다시 들어앉기 어려운 법이라 서슴지 않고 허락한다.

"그리하시면 얼마나 좋으리까. 제가 잘 벌어서 여러 식솔이
별로 빚을 지고 살지는 않았지만 집값을 주느라고 1,400원 진
것이 있소. 당신이 우리 춘홍이를 데려가시려거든 그 빚이나
갚아 주시오. 그러면 나는 이대로 굶든 벗든 지내 갈 것이니 아
무 걱정 말으시고……"

춘홍은 저의 조모 입에서 그쯤 허락이 나오니 마음이 흡족
하여 기뻤는데, 송씨는 다시 이러한 말을 한다.

* 길가의 버들과 담 밑의 꽃이라는 뜻으로, 창녀나 기생을 비유적으로 이른다.

"1,400원이면 빚이 많지도 아니합니다. 손서(손녀사위)가 되어서 그만한 것이야 두말할 것 있습니까, 당연히 갚아 드리지요. 그렇지만 당신 아시는 바와 같이 내가 어른들을 층층시하로 모시고 함께 살고 있소이다. 어떤 어른이 자식에게 기생 복첩하라고 얼른 돈을 주시겠습니까? 내일이라도 저 사람이 기생 구실을 떼고 나와 살기로 확정이 되면, 두어 달 후에는 그 돈을 다 갚아 드리지요."

그 말을 들은 춘홍의 조모는 이치가 그러할 듯하여 가약을 허락하고, 그날로 권반에 보내어 기생 명부에서 춘홍의 이름을 빼도록 했다. 다시는 다른 남자와 교제를 시키지 않으니 춘홍은 두말할 것 없이 송씨의 가속이 되었다.

출가외인이라고, 춘홍이와 송씨 사이에 기왕 백년언약을 맺었으니 친가에 있을 필요가 없었다. 별도로 집을 배치하고 데려가거나 큰집으로 들어가 한집에서 지내게 해달라는 춘홍의 부탁도 있으려니와, 그 조모도 두 번 세 번 여러 차례 말을 하였다.

그 조모가 어서 춘홍을 데려가라는 것은, 내용인즉 실상 빚 갚을 돈을 빨리 달라고 재촉하는 것이나 한가지였다. 엄한 부친 아래서 일푼전도 자기 마음대로 쓰기 어려운 송씨는 금전과 관련된 일체의 일을 어른 앞에 감히 입을 열 수는 없고, 우선 제 집으로 춘홍을 데려다 놓고 차차 어떻게든 조처할 생각으로 잠시 저의 어머니에게 거짓으로 말을 고했다.

"춘홍이란 기생이 일등 명기로 돈을 많이 벌어 친가 살림살이가 넉넉해서 아무것도 구할 것이 없는데, 저와 함께 살기로 약조되어 집으로 들어오기를 원합니다. 오늘이라도 데려오려는데 돈 한 푼 안 들고 심지어 의복까지도 해줄 것이 없습니다."

송씨의 어머니는 그 말을 듣고 가만히 생각을 해보았다.

'저 자식이 저의 내외간에 사이가 좋지 못해 며느리를 아주 돌아본 체 않는데, 다른 계집을 얻어 주자니 돈이 드니까 저의 부친이 허락할 리 만무하지. 그대로 내버려 두면 발록구니* 가 아주 될 것이니 어찌하면 좋을까 하던 차에 돈 안 들이고 제 마음에 맞는 계집이 있다 하니 아무쪼록 저의 부친과 의논하고 데려와 보리라.'

원래는 신부가 현구고(見舅姑)**를 하러 가야 하는데, 송씨 부모가 춘홍의 집을 찾아왔다. 춘홍이 선도 볼 겸 다음과 같은 계약서를 써가지고 와서 춘홍의 조모에게 도장을 찍어 달라고 했다.

－일, 손녀를 데려가게 허락한 후로 1푼 1전이라도 청구치 않도록 한다.

* 하는 일이 없이 놀면서 돌아다니는 사람.
** 신부가 예물을 가지고 처음으로 시부모를 뵙는 일.

－일, 춘홍이가 남의 빚보증을 선 것이 있으면 명의를 조모에게로 변경하여 뒷날 책임을 묻는 일이 없도록 한다.

－일, 모든 세간 집물과 수식 패물을 한가지로 전당 잡히어 이후 찾아 달라는 폐습이 없도록 한다.

그 끝에 모년 모월 모일을 쓰고 춘홍이 조모의 이름 최덕화(崔德和)라 하였는데, 거기에 도장을 찍어 달라고 청구했다.

최덕화는 팔십노인일 뿐 아니라 무식한 탓으로 그 계약서에 무엇이라 쓴 것인지 알지 못했다. 다만 자기 손녀를 결혼하여 데려간다는 혼서지(婚書紙) 같은 것이거니 하여 서슴지 않고 아무 의심 없이 도장을 찍어 주었다.

송씨 부모는 그 계약을 받고서야 춘홍이 데려갈 일을 말하고, 춘홍에게는 며칠 후에 오라는 부탁을 하였다.

춘홍은 이렇게 생각하였다.

'송씨가 부모 모르게 돈 주선을 할 수 없으므로 1,400원의 채무를 몇 달 내로 갚아 준다고 기왕에 말하였거니와, 이제는 저의 부모가 다 알고 와서 직접 보기까지 하고 무슨 계약인지 우리 조모의 도장까지 받아 갔으니 내가 가는 것이 급한 게 아니다. 제일 우선 그 돈을 찾아 빚을 갚아 놓아야 팔십노인인 우리 조모가 집 없는 거지 신세를 면할 텐데, 그 계약은 무슨 조건인지 나더러 물어보지도 않으시고 아랫방 구석에서 섬 속에서 소 잡듯이* 얼른 도장을 찍어 주셨나. 그 계약에 돈을 어느 때 준다는 말이 있는가, 나를 데려가서 어떻게 살림을 한다는 말이 있는가 알 수가 있나……'

춘홍의 고모는 이름난 기생이다. 궁중에서 베푸는 잔치도 여러 번 치러서 일품 가자(加資)**까지 받은 터인데, 중년에 신병으로 인해 잠깐 가는귀를 먹어 남이 수작하는 것을 얼른 알아듣지 못한다. 한집에 있는 것이 아니라 따로 청년회관 뒤에서 살며 종종 그 어머니를 뵈러 왔다. 그래서 춘홍이 남편을 만나가는 것은 알았으나 그 계약서와 관련된 내용은 조금도 알지 못했다가 비로소 그런 말을 듣고 자기 어머니를 권하여 송씨의 집으로 함께 찾아갔다.

그날이 춘홍을 데려간다는 날이라 송씨 집에서 집안사람들이 모두 모여 춘홍이 오기를 기다렸다. 그들은 최덕화 모녀 오는 것을 보고 춘홍이가 오는 줄로 생각해 새사람 구경한다고 다투어 마주 나오더니, 단지 늙은이 둘만 달랑 들어오자 실망하는 기색이 역력하다.

춘홍 조모와 고모가 들어와 송씨 빚 갚는 얘기를 했다. 그러자 송씨의 부모가 열 길은 뛰며,

* 섬 속에서 소 잡다 : 작은 섬 속에서 큰 소를 잡아먹겠다는 뜻으로, 하는 짓이 옹졸하고 답답하며 근시안적임을 비유적으로 이른다.
** 조선 시대에, 관원들의 임기가 찼거나 근무 성적이 좋은 경우 품계를 올려 주던 일. 또는 그 올린 품계.

"아니, 그게 무슨 말이오? 돈 한 푼 관계없기로 계약서에 도장까지 찍어 주고는 오늘 와서 무슨 돈 말을 하오? 이것을 보시오!"

하며 벽장을 열고 계약서를 꺼내 가지고 와서 모녀 앞에다 탁 펼쳐 놓고 처음부터 끝까지 차례로 읽어 준 뒤,

"여보, 당신이 처음에는 무슨 마음으로 이 계약에 도장을 찍어 주고 먹물의 자취가 채 마르기도 전에 이런 경우 없는 말을 하시오? 이렇게 딴소리를 하면 며느리는 고만두고 선녀가 하강한대도 나는 싫소!"

최덕화는 그 말을 듣고 어이가 없어 아무 말도 못하고 앉았는데 그 딸은 화가 나,

"여보, 우리 어머니께서는 나이 팔십 줄에 들어 정신도 없으시고 본래 글자를 모르시기에 그 계약에 무엇이라 쓴 것인지 도무지 알지 못합니다. 다만 믿기를 손녀 데려가려는 혼서지 같은 계약이거니 하셔서 묻지도 않고 도장을 찍으신 것인데, 내 딸이 푹푹 썩어 내버리게 되었습디까. 이따위 계약을 해 바치고 데려다주게? 1,400원 빚으로 말하면 댁 자제가 자기 입으로 자청하여 갚아 주고 춘홍을 데려가겠다 한 것이지 우리가 구구하게 청구한 것이 아니오. 팔십노인 우리 어머니가 슬하에 다른 자손 없고, 춘홍 하나를 남의 열 아들 부럽지 않게 믿고 사시는데 그것을 데려가며 당장 들어앉은 집세를 돈 한 푼 안

물어 주어요? 댁이 아무리 부자로 지낸다 해도 인정이 이 모양으로 없는 것을 보니 마주 대하여 수작하기도 겁이 나오."

하면서 떠들썩하게 자기 어머니를 재촉하여 집으로 돌아왔다.

춘홍은 저의 고모에게 자초지종을 다 들으니 눈앞이 캄캄해지고 가슴이 답답하여 혼자 자탄한다.

"내가 무슨 팔자를 이같이 망측하게 타고나서 어려서 부모를 여의고 홀로 계신 할머니 슬하에서 자라나 남과 같이 육례를 갖추어 시집을 못 가고 기생이 되었을꼬. 스물 전에 꼭 맞는 남편을 만나 들어앉았으면, 비록 청실홍실 늘이고 귀밑머리를 맞풀지는 못하였으나 아들딸 두어 재미있는 세상살이를 해보았을 것인데…… 나이 스물넷이 넘도록 죽기보다도 싫은 놀음받이를 하다가 천신만고하여 만난 사람이라고는 이씨같이 매몰차고 무정하며 도적놈보다 더한 인물 아니면, 송씨같이 무능력자로 내 몸 하나 물에 빠진 것을 건지지 못하는 위인이니 이런 기막히고 피 토할 일이 다시 어디 있나."

이어 저의 조모를 향하여,

"할머니, 그러면 어떻게 하실 터예요? 공연히 기생 구실은 떼어 놓고 중도 못 되고 속인도 못 되었으니 남부끄러워 이 노릇을 어찌하면 좋습니까?"

최덕화가 왈칵 화를 내며,

"나는 모른다. 너 하고 싶은 대로 하려무나. 어미아비 없이 자란 네가 아무쪼록 가서 잘 살라고 그리하였더니, 어디서 멀쩡한 불한당 열을 주어도 안 바꿀 놈의 집으로 보낼 뻔하였구나. 내 머리가 두 쪽이 난대도 그놈의 집에는 너를 못 보내겠다. 부자 놈이면 무엇한다니, 지들 세간을 우리한테 다 준다더냐? 가난한 사람이라도 체면과 경우를 분명히 알아야 남의 사정을 짐작하고 자기 앞을 자기가 쓰는데, 그런 멀쩡한 놈의 집을 보았나. 무식한 나를 속여 그따위 계약을 써가지고 와서 도장을 받아 가? 기생 떼어 가는 놈이 돈 한 푼 안 들이려고 빚이 있단 말을 말어라? 우리 패물이며 세간을 제가 해주었나! 아니꼽게 전당 잡히지 말어라? 벌써 볼 것 못 볼 것 잡것 다 보았지."

춘홍도 화가 나는 대로 하면 그보다 몇 배는 더 뛰겠지만 은근히 속으로 믿기는,

'외 얽고 벽 친다*고, 저의 부모는 그런 행동을 하였지만 그동안 교제해 온 송씨가 설마하니 아무 때든지 나 한 몸 건져 주지 못하랴.'

싶은 생각이 들어서 부드러운 말로 할머니를 달래려 한다.

"너무 분하게 여기지 마세요. 송씨가 자기 마음대로 할 수 있다면 그 지경이 되었겠습니까. 보비리** 같은 저의 부모가 그

---

* 외(椳, 흙벽을 바르기 위해 벽 속에 엮은 나뭇가지)를 얽은 다음 벽에 흙을 바르는 것이 순서라는 뜻으로, 너무나 분명한 것을 우기는 고집 센 사람의 행동을 비유적으로 이른다.
** 아주 아니꼽게 느껴질 정도로 인색한 사람.

런 짓을 한 것이니 좀 참고 가만히 계십시오. 그래도 소금 먹은 놈이 물을 켠다고. 이러니저러니 해도 부자의 자식으로 설마하니 남우세까지 시켜 놓고 뒤휘갑*을 아니 치오리까?"

최덕화는 늙은 머리를 절레절레 흔들며,

"믿기를 잘 믿었다! 예수나 믿었으면 천당에나 가지. 그따위 못생긴 위인을 믿어 무슨 득을 볼 터이냐! 나는 모른다. 네 일 네가 어련히 알아서 하겠느냐."

한참 할머니와 손녀가 이 모양으로 설왕설래하고 있는데 송 씨가 이번 일의 무안함을 사과하러 찾아왔다.

"장조모님, 너무나 죄송해서 뵐 낯이 없습니다. 우리 부모께 서는 자수성가하신지라 돈 한 푼이라도 손에 땀이 나도록 쥐 고 계신 성미시옵니다. 1,400원을 주어야 데려오겠다 하면 아마 열 길은 뛰시며 다시 입도 뻥긋 못하게 하시겠기에, 죄 된 말이지만 제가 잠시 부모를 속여서 이렇게 여쭈었습니다. '강춘 홍이가 기생 10년에 금전을 많이 모아 제 앞에 구길 것이 없어 재산 유무는 따지지 않고, 다만 사이좋은 남편만 만나 백년을 같이 늙자는 결심으로 저더러 함께 살자 하오니, 우리집에는 일 푼이라도 아무 부담을 주지 않을 것인즉 그렇게 살도록 허 락해 주십시오.' 그랬더니 다행히 허락은 하셨지만, 제 말이 미

---

* 뒤섞여 어지러운 일의 뒷마무리.

심쩍어서 그런 계약까지 하신 것이올시다. 우선 제 말만 들으시고 저 사람을 제 집으로 보내 주시면 얼마 안 지나서 우리 부모께서 자연 마음을 돌리실 것입니다. 그러면 1,400원이 아니라 2,800원이라도 빚을 갚아 드리게 될 것이니 당장 섭섭하신 마음을 참으시고 하회를 좀 기다려 주옵소서."

최덕화는 열 길은 뛰며,

"당신이 나를 밤비에 자라난* 줄로 여기고 어린 중 젓국 먹이는 이런 수작을 하오? 나는 그리해 보지 못하였소. 그 애를 데려갈 마음이 있거든 1,400원도 가져오고 집 세간 다 장만해 놓고 와서 데려가오. 우리 춘홍이를 다 썩은 생선 치우듯 하려는 줄 아시오? 그렇게 하지 않고 우리 춘홍이와 정 같이 살려거든 굳이 데려갈 것도 없이 우리집에서 이 세간을 가지고 살다가 부모님 마음 돌리거든 따로 살림 배치를 하시오. 나는 작은애 봉선이를 데리고 셋방 구석이라도 얻어 어서 나가리다."

송씨는 대답할 말이 없어 춘홍만 물끄러미 건너다보다가,

"그게 될 말씀이십니까? 저희가 못 살면 못 살았지, 노인이 셋집을 얻어 나가신다니 이치에 닿지도 않는 말씀 그만두십시오. 이 말씀 고만하십시오. 설마 사람이 살게 마련이지 아주 죽으란 법 있겠습니까."

---

* 밤비에 자란 사람 : 밤사이에 내린 비를 맞고 어둠 속에서 연약하게 자란 식물과 같다는 뜻. 깨치지 못하고 어리석으며 야무지지 못한 사람을 비유적으로 이른다.

하며 볼 낯이 없어 일어서려 하니까, 춘홍은 아무 말도 못하고 가거나 말거나 모른 체한다. 춘홍이의 고모와 조모는 송씨의 옷자락을 잡아 도로 앉히며,

"안 될 말이오! 뭐라고 한 마디라도 아주 결정을 하고 가시오. 인사를 다시 치르고 우리 춘홍이를 댁으로 데려를 가든지, 그렇지 못하면 내 집에 와 살림을 하고 살든지, 말을 시원히 하고 가오."

송씨가 다시 일어서며,

"지금은 아무 생각이 나지 않습니다. 내일이고 모레고 다시 와서 말씀을 드리지요."

하고는 급히 나가 버리더니 그 이후로 얼마 동안 다시 소식이 없었다.

춘홍은 혼자 생각에,

'하루가 멀다 하고 꼬박꼬박 오던 송씨였는데, 한번 간 뒤로 소식이 없을 제는 자기 힘으로 우리 일을 좌지우지할 수도 없고, 또 나를 보러 오자니 다시 할 말이 없어 발길을 못하는 모양이니, 인제는 다 쓸데없다. 기생질이나 또다시 하다가 적당히 좋은 사람을 만나면 좋고, 그마저도 안 되면 나 하나 죽어 없어지면 고만 만사태평이다."

하고 자기 할머니를 향하여,

"할머니, 나는 다시 기생에나 나가겠습니다."

최덕화는 손짓을 홰홰 내두르며,

"얘, 그만두어라. 기생 노릇을 또다시 하면 남에게 부끄럽기나 하지 무슨 별수가 생기겠느냐? 내가 너를 어미아비 없이 길러서 기생에 넣을 때는 네 덕을 보아서 나 혼자 잘살자고 그런 것이 아니었다. 네 얼굴이 저만치 예쁘니 천행으로 부잣집의 총첩이 되어 호강이나 한없이 하는 것을 보려 하였더니 이번에 망신당하는 꼴을 보니까 벌써 싹이 틀려 버렸다."

그러자 춘홍은 응석스러운 말로,

"나는 그것 저것은 다 그만두고 활이 다시 쏘고 싶어서 그렇습니다. 푸르게 우거진 여름철 숲에서 석양석로(夕陽石路)로 화살통을 턱 메고 사정으로 올라가 시위를 걸어 놓은 활에 살을 메겨 한번 턱 쏘게 되면 그 살이 쭈루루 과녁에 가 탁, 맞는 소리가 참 신이 납니다. 그때는 근심 걱정이 모두 봄눈 스러지듯 하지요."

최덕화는 어이가 없어 껄껄 웃으며,

"천하에 바람둥이 미친년도 다 보겠다. 활 쏘는 것이 그렇게 좋으냐? 정 좋거든 네 생각대로 해보아라. 말리지 않는다."

대정 권반에 춘홍의 이름이 다시 빛나자 그날로 벌써 명월관 인력거가 와서 표지를 들여보내며,

"아씨 계십니까?"

춘홍은 분주히 새 옷으로 바꿔 입고 그 인력거에 올라탔다. 마침내 명월관에 도착해 보니 부른 손님은 별사람이 아니라 곧 송씨다. 송씨가 마주 나와 춘홍의 고운 손을 이끌고 조용한 방으로 들어가 눈물을 뚝뚝 떨어뜨리며,

"나는 그대를 볼 낯이 없소. 그대는 나를 얼마나 원망하였소. 미상불 시시때때로 그대를 보고 싶어 그대의 집에를 가고 싶으나, 말이야 바른 말이지 그대의 조모님 뵐 염치가 없어 몇 차례나 나서던 발길을 도로 들이디뎠소. 오늘 귓결에 얼핏 들으니까 그대가 기생으로 다시 나왔다 하기로 앞뒤 따져 볼 것 없이 인력거를 보낸 것이오."

연약한 창자로 인정 많은 춘홍은 송씨의 그 모습을 보니 구곡간장이 자연 녹는 듯하여 마주 붙잡고 흐느껴 울며,

"당신이 내게 이러신 줄은 몰랐구려. 나는 생각에 잠시 호협한 남자의 풍정으로 그리하였다가 일이 생각처럼 여의치 못하니까 고만 잊어버리신 줄 알았지요. 오늘 하시는 모양을 보니까 과연 참말이오. 나인들 목석이 아닌 바에야 감동 안 될 리 있겠습니까. 그러나 우리 조모님께 그 돈을 드리지 못하면 우리가 서로 만나 살아 보지 못할 것이니 하루바삐 주선을 좀 해 주시오."

송씨가 춘홍의 등을 뚝뚝 치며,

"참 어여쁜 말일세. 그렇다뿐인가. 내가 세상없어도 그 주선

을 할 것이니 주선하기 전에는 종종 이렇게 만나 봅시다."

서로 그렇게 이런 말 저런 말을 하며 시간을 보낸 것이 어느 덧 새벽 2시나 되었다. 송씨가 돈이 없어 계산을 못해 주니까 대신 춘홍이가 요릿집 주인에게 갚아 줄 것을 약속하고 집으로 돌아와 헛시간표만 조모에게 보였다.

하루걸러 날마다 그 모양으로 요릿집에서 서로 만나고 그 모양으로 요릿집에 담보한 것이 몇백 원이 되었다. 송씨는 등이 달아 아무리 애를 써서 돈 주선을 하려 해도 달리 도리가 없다. 결국, 내포 땅에 있는 전토를 위조 등기를 내어 전당하고 돈을 얻는 수밖에 도리가 없는데, 그 역시 주선하려면 돈이 들어갔다. 못해도 400원가량은 들어야 할 지경이라 춘홍을 향하여 이런 말을 하였다.

"여보, 그대 능력으로 400원가량 주선할 수 있겠소? 그것만 있으면 며칠 안 되어 천 원으로 만들 도리가 있소마는."

춘홍은 천 원 돈을 만들겠다는 말에 반가워서,

"내게 무슨 돈이 있어요? 꼭 부득불 쓰시려면 내 명의로 빚을 얻으면 될 듯하오나……"

굿 들은 무당이요 재 들은 중이라더니* 빚을 얻으면 될 듯하

---

* 자기가 평소에 매우 좋아하거나 원하던 일을 하게 되어 신이 나서 좋아하는 사람을 비유적으로 이른다.

다는 춘홍의 말에 송씨가 바싹 대들어 어떻게나 조르던지 마음 여린 춘홍은 그리하라 허락을 해놓고 곰곰 생각해 보더니,

"에그머니! 아니 될 일이오. 내 도장을 우리 할머니께서 꼭 가지시고 시간비를 찾더라도 할머니가 직접 가시거나 그렇지 않으면 우리 고모에게 맡기시고 잠시도 도장을 내놓지 아니하시니…… 빚을 얻는다 해도 도장이 있어야 차용증서에 찍어 주지요."

송씨는 낙심이 되어 한참 앉았다가 좋은 방도가 생각났다는 듯이,

"응! 상관없지. 임시방편으로 도장 하나 새로 새겨 쓰면 관계 있을 것 있나. 따지러 오거든 대답만 잘 하면 고만이지. 빚 주는 사람이 그대의 얼굴 보고 주지 도장만 보고 주겠소?"

기왕 그쯤 수작이 된 일에 어찌할 도리가 없어, 춘홍은 송씨를 시켜 자기 도장을 새로 새겨 오라 하여, 전부터 거래하던 채권자에게는 소문날까 겁이 나서 못 가고, 알음알음 새로운 전주를 소개받아 필경 400원을 석 달 한으로 얻어서 송씨를 주었다.

송씨는 그 돈 400원을 속여서 먹자는 것이 아니라, 자기 집 토지를 제 명의로 변경하여 그 토지를 팔거나 전당에 잡혀 춘홍의 몸값을 치러 주고 자기 마음대로 데려다가 재미있는 생활을 해볼 작정이었다.

애당초 그런 일이란 게 쥐도 새도 모르게 얼른 처리해도 될까 말까 한 것인데, 요즈음 관청의 업무가 수속이 복잡하여 시간을 오래 끌어 가니 차일피일 여러 날을 미루게 되었다. 그러는 사이에 토지 거래 소문이 파다하게 퍼져 그 땅을 부치는 사음(마름)이 듣고서는 그길로 경성으로 올라와 송씨의 부모에게 소식을 전했다.

그 말을 들은 송씨의 어른은 한편으론 군청에다 교섭을 하여 소유권 이동을 못하도록 하고, 한편으론 각 신문에 내외국인은 그 소문에 속지 말라는 광고를 내었다.

그런 야단이 일어나니 어느 전주가 그 토지를 전당 잡으랴. 전당 잡을 사람도 없고 설혹 전당 잡으려 해도 증명서를 수속할 계책이 없어서 그 일은 자연 물거품이 되고 말았다.

송씨는 그 토지의 명의를 변경하여 1,400원 돈을 주선하려고 춘홍의 이름으로 400원 빚을 얻었는데, 일은 틀어져 망해 버리고 400원 돈만 한 푼 남김없이 다 없어지고 말았다.

그 일을 의논하려는데 춘홍의 집에를 갈 수는 없고, 할 수 없이 요릿집으로 청하니 외상도 한두 번이지 번번이 아무 염치없이 외상만 질 수 없어, 춘홍이가 자기 몸에 지닌 시계며 안경, 반지, 뒤꽂이 등을 차례로 없애기 시작했다.

세월이 물 흘러가듯 빠르게 가서 빌린 돈을 갚을 기한을 넘기니 채권자의 독촉이 날로 더욱 심해졌다. 춘홍은 채권자만 오면 행여나 저의 조모가 알까 겁이 나서 채권자에게 사정하는 말로 애걸한 적이 한두 차례가 아니었다. 남의 사정도 한두 번 보아주지 제 돈을 받지 않을 사람이 세상에 어디 있을까.

결국에는 최후 수단으로 집행문까지 내었다는 소문을 들었다. 춘홍은 기가 막히고 화기가 올라서 당장 목접이라도 해 죽고 싶었다. 그런 심정을 억지로 참고 당장 집행이 들어와 세간을 집행하면 저의 조모 보는 데 좋지 못한 몰골이니까 우선 방 세간을 고친다는 핑계를 대고 모조리 세간 파는 곳에 내어다 맡겼다.

채권자는 세간을 집행해서는 여간해서 400원이 될 수 없으니까 그 집을 집행할 수속을 차리는 중이다. 춘홍은 그 광경을 보니 점점 낙담이 되어 잠시도 이 세상에 있기가 싫은 마음이 바싹 들어 남모르게 비밀리에 아편까지 사서 몸에 지니고 기회만 기다리고 있었다.

그때가 음력으로 10월 그믐경이다. 채권자의 등쌀에 전후 사실이 모두 발각되자 저의 할머니라든지 고모라든지 누구 하나 조금도 동정하지는 않고,

"어찌 살려고 대담하게 그런 빚을 얻어 주었느냐? 송가가 금똥을 누어 주느냐 은똥을 누어 주느냐? 팔십 늙은 할미가 집도 없이 빌어먹는 꼴을 보아야 좋겠느냐?"

하는 말에 춘홍은 원래 자기가 잘못한 일이니까 감히 원망할 수는 없고, 지은 죄를 낱낱이 자백하여,

"할머니 참으십시오. 제가 경험이 없어 일을 경솔히 하였습니다. 송씨 입장에서는 아무쪼록 우리 빚을 갚아 줄까 하고 400원이나 들여 주선하다가 그처럼 낭패로 돌아간 것이니 그 사람 탓할 것도 아니옵니다."

한참 이렇게 말할 때에 인력거꾼이 쑥 들어오며,

"아씨, 모시러 왔습니다."

춘홍이 방긋 웃으며,

"할머니, 걱정 마십시오. 제가 돈을 많이 벌어 가지고 올 것이니……"

하고는 얼른 다시 머리를 만지고 의복을 갈아입은 후 요릿집으로 갔다.

그 밤에 부른 사람도 다른 사람이 아니라 곧 송씨다. 마음이 불편하던 차에 송씨를 만났으니 한바탕 성을 내며 물어뜯고 쥐어뜯고 싶지만 가만히 생각하니,

'이 사람 역시 불쌍한 처지라. 금전을 오죽 주선하다 못하니 계집의 명의로 400원을 얻어 가지고 별별 애를 다 쓰다가 일이 제 마음과 같이 되지 못하였지. 나를 속여 400원을 먹어 없애자는 것이 아니거늘, 듣기 싫은 소리를 하면 무슨 소용이 있겠나. 차라리 좋은 낯으로 오늘 마지막 담화나 하고 말겠다.'

하고 반가운 낯으로,

"벌써 오셨던가요? 나는 어떤 손님이 부르시나 하였지."

송씨는 얼굴에 무안한 빛을 띠우고 우두커니 섰다가 춘홍의 뒤를 따라 뽀이의 안내로 한편 구석방으로 들어갔다. 술상을 한 상 잘 차려다 놓고 술을 주거니 받거니 사양 없이 실컷 먹고 피차가 서로 만나 오늘날까지 겪은 풍파 이야기를 차례차례 하다 보니 어느덧 새벽 4시나 되었다.

춘홍이는 무엇을 잊은 듯이 깜짝 놀라 급히 일어나며,

"자, 그만 작별합시다. 오래지 않아 날이 밝겠소."

"밤이 벌써 그렇게 되었나? 날이 곧 밝으면 저놈들이 또 와서 떠들 것이니 이런 미안한 일이 또 어디 있나. 차라리 이 몸이 죽어 몰랐으면 좋겠소."

"그런 말씀 말고 어서 댁으로 돌아가셔서 안락태평 만수무강하십시오. 그 빚은 날이 밝으면 곧 다 갚아서 다시 조르지 않게 될 것이니 두 번도 걱정 말으십시오."

하며 일어서 나가다가 머리에 꽂힌 금귀이개를 마지막으로 빼어 요릿집 주인을 주며,

"오늘 밤 요릿값이 얼마 나왔든지 이것으로 받으십시오."

요릿집 주인이 그 귀이개를 도로 주며,

"기왕 외상도 적지 아니한데 이것으로 셈이 되나? 가지고 가고 전후 셈을 속속히나 하여 보내게."

춘홍은 인력거를 타며,

"어찌하였든지 우선 받아 두시오."

하며 주인에게 다시 건네준다.

인력거 위에서 허리를 구부려 송씨의 손목을 잡고,

"부디 안심하고 잘 지내시오. 나는 암만해도 당신을 볼 날이 다시는 없을 듯하오."

철없는 송씨는 다시 볼 수 없다는 말에 강짜가 나던지,

"옳지, 응! 그대가 이씨에게로 아주 가게 되었나 보구만. 그러시겠지. 나같이 돈 없고 자격 부족한 사람을 지키고 있어 무엇하겠나? 아무쪼록 가서 잘 살으시오. 그러나 400원 채금은 내가 문전걸식을 해서라도 꼭 갚아 주지."

춘홍은 어이가 없어 깔깔 웃으며,

"내가 이가에게로 가든지 김가에게로 가든지 내일 소문 들으면 자연 아실 것이니까 어서 댁으로 가시오."

하고 인력거를 재촉하여 가 버렸다. 송씨는 한편으로 섭섭도하고 한편으로 분하기도 하여 우두커니 서서 가는 것만 바라보다가 하릴없이 저의 집으로 가 버렸다.

한 번이라도 더 다녀야 제 벌이가 더 되겠으니까 겅둥겅둥 달리기로만 상책을 삼는 인력거꾼은 어느 겨를에 춘홍을 본집에 데려다 두고,

"안녕히 주부십시오."

인사 한 마디에 도로 가 버리고 춘홍은 문을 두드려 열라 하고 들어가 아랫방 문을 향하여 인사를 올린다.

"할머니, 주무십시오."

"오냐, 춘홍이냐? 어찌하여 이렇게 늦었다냐? 주정꾼을 만났느냐?"

하며 마주 나오는 것은 최덕화, 곧 춘홍의 할머니다.

춘홍이가 전에 없이 방실방실 웃는 낯으로 부탁을 한다.

"할머니, 오늘은 내가 돈을 많이 벌었소. 너무 애쓰지 말으시고 내 방문은 내일 정오 때까지 아무도 열지 못하게 해주십시오. 여러 날을 잘 자지 못했으니 오늘은 실컷 좀 자보겠습니다."

"오냐, 그리하여라. 그만 것이야 네 마음대로 못하겠느냐?"

하고 춘홍을 따라 제 방으로 들어가 방장도 내려 주고 병풍도 돌려서 꼭 막아 주고 나왔다.

그날 밤 춘홍이 한탄하는 말이야 누가 들었을까 싶지만, 마땅히 이렇게 말을 했을 것이다.

"올해 내가 몇 살인가? 정신이 혼미하여 내 나이도 얼른 생각이 안 나네. 무엇을 해놓고 벌써 스물넷이 되었나. 스물넷이 몇 해 동안에 되는 게 아닌데, 나는 원수같이 보내기를 한 천년 만년 되는 양 지리하구나.

어려서 철모를 때에도 기생 노릇 하기가 싫었지만, 물덤벙술

덤벙하며[*] 지내다가 작년 석왕사에 갔을 때부터 내 마음이 아주 변하여 기생이라면 개짐승같이 보이고, 교육계라든지 사회상에 헌신한 여자는 한없이 신선해 보여서 어찌하면 나도 이 노릇을 하지 않고 좋은 일을 해볼까 궁리했었지. 하여 경성으로 올라온 뒤에 화중선(花中仙)의 집에다 사무실을 정하고 우리와 같이 타락된 친구들의 지식을 발전시켜 볼까 하여 강습소를 설립하려 했더니 그 역시 중간 풍파로 물거품으로 돌아가고 말았지.

내가 그 지긋지긋한 일을 참고 이때까지 화류계에 있는 것은, 일찍이 높은 교육을 받지 못하고 다만 배운 기능이 가무뿐이라 돈 한 푼 벌어들이는 별다른 수가 없었지. 팔십 조모님을 봉양하느라고 마음에도 없는 그 싫은 일을 하여, 이제는 집 세간도 의지할 만하고 여러 해 애를 써서 가르친 주봉선이가 나보다 더 잘 벌이를 하니 할머니 노후 의탁은 넉넉하실 것이지. 봉선이로 말하면 아무리 한 혈육이 아니라고 해도 그 애의 마음이 신통하여 제 몸 괴로운 것은 따지지 않고, 아무쪼록 벌어들여 우리 할머니를 잘 챙겨 드리니 참말이지 기특하기 짝이 없은즉, 나 하나 없어도 아무 근심이 없을 것이다.

나도 참말 진정이지 이 세상이 귀찮아서 이런 결심을 했지

---

[*] 아무 일에나 대중없이 날뛰다.

만 나 같은 년이 다시없겠다. 나의 한 가지 소원이 송씨와 한번 살림을 하여 타락되었던 신분을 회복하는 동시에 교육도 틈틈이 받아 문명한 세계에 산보를 하려 하였더니 송씨의 마음이 부족한 것이 아니라 부모의 단속으로 마음대로 뜻을 펴지 못하여 별별 운동을 다 하여 보다가 빚만 산더미같이 지게 해놓았으니, 그 부모의 자식 단속하는 것을 원망하는 것이 아니라, 내 팔자가 여지없이 되어 가니 한 가지 상책은 ……하는 것밖에 없다."

이와 같이 자탄가를 불렀을 것이다.

이튿날 해가 한나절이 되도록 춘홍이 자는 안방에서는 아무 기척이 없었다. 저의 조모가 집안사람들을 단단히 타일러서 아무도 그 방 근처에를 가서 떠들지 못하게 하여 아무쪼록 귀중한 손녀의 곤한 잠을 깨우지 않도록 했기 때문이다.

순찰하던 순사가 들어와서 안방 문이 닫힌 것을 보고 병자나 혹 있는가 하여 물었다.

"저 방문은 어찌하여 이때까지 첩첩이 닫아 두었어요? 환자가 있소?"

최덕화가 마주 나와 엉너리*를 부리며,

---

* 남의 환심을 사기 위하여 어벌쩡하게 서두르는 짓.

"환자라고는 우리집에 없습니다. 우리 춘홍이가 간밤에 놀음에를 갔다가 날이 거의 밝아서야 와서, 이제부터 잠뿌리를 좀 빼야 정신이 나겠다며 부디 아무도 깨우지 말아 달라고 부탁을 하기에 언제까지나 자는가 보자고 내버려 두었습니다." 하고 대답하였다.

순사는 춘홍과 안면이 있을뿐더러 그 사정이 그럴듯도 하여 다시 물어보지 않고 돌아가 버렸다.

그때가 오후 1시는 되었는데, 건넌방에서 소세하던 봉선이는 영리하기 짝이 없는 아이라 귀를 기울여 안방을 향하고 한참 듣더니 할머니를 부른다.

"에그 할머니, 이리 오십시오. 이상도 합니다. 우리 언니가 평소에 잠을 고이 자서 숨소리도 별로 크지 않은데, 오늘은 숨소리가 이상하게 들립니다."

아무 의심을 하지 않았던 최덕화는 손짓을 홰홰 치며 봉선이를 단속한다.

"얘, 떠들지 말아라. 잠이 너무 곤하여 코를 고는 것인 게지."

봉선은 마루로 나와 문에다 귀를 가까이 대고 듣다가,

"할머니, 이리 와서 들어 보십시오. 아무래도 이상합니다. 그만치 잤으면 무던할 것이니 어서 일어나라고 하십시오."

그제야 온 집안사람들이 더럭 의심이 나서 앞뒷문을 잡아당기며 문을 열려고 해도 아무 대답이 없고, 다만 숨을 쥐어짜듯

쉬는 소리뿐이다. 상황이 위급하니까 방문을 박차 열고 첩첩이 가린 병풍과 방장을 잡아 젖히고 들어가 보니 벌써 일이 다 글렀다. 이부자리를 벗어 차내어 아무렇게나 곤두라진 춘홍의 얼굴빛이 푸른 물을 끼얹은 듯하다. 사지가 장나무같이 뻣뻣하며 눈자위가 이상하게 틀어지고 입에 가래침이 끓어올라 톱질하듯 숨을 쉰다.

"에구, 이게 웬일이야?"

하며 달려드는 최덕화는 초주검이 다 되어 입만 딱딱 벌리고 말을 하지 못하는데, 일변 저의 고모를 불러온다, 일변 의사를 청해 온다 하여 무슨 말을 물어도 춘홍은 손짓만 하며 대답이 없고, 약을 먹여도 삼키지를 않는다.

그러나 무엇을 먹고 이 지경이 되었나 하고 사방으로 흔적을 찾다가 요 밑을 들춰 보니 유지 조각에 아편 묻은 것이 있고, 또 한 장의 유서가 있다.

사랑하는 할머님, 어머님(고모더러 하는 말), 안녕히 계시옵소서.

저는 먼 길로 가옵니다.

천하에 용납지 못할 불효의 손녀를 조금이라도 생각 마시고 내내 만수무강하시기를 가는 홍이라도 축원하옵니다.

저는 세상이 싫어요. 진정 싫어서 가오니 조금치라도 생각 마옵소서.

아! 원통합니다.

더 쓰려 하였더니 수족이 뻣뻣하여 더 못 쓰나이다.

_ 11월 28일 불효 손녀 춘홍

유서를 본 그 조모와 고모는 심한 충격으로 숨이 끊어질 듯
재게 우는데, 의사는 아무쪼록 토하게 하는 약을 먹이려 하나
춘홍은 이를 깨물고 절대 삼키지를 않는다. 기가 턱턱 막혀 울
던 봉선이는,

"언니 언니, 왜 약을 잡숫고 이 지경이오. 이씨 때문이오?"

춘홍은 말을 못하고 오직 손짓만 아니라는 표시를 한다.

"그러면 송씨의 일이 원통해서 그리하시오?"

춘홍은 그 말을 듣더니 눈물을 쭈르르 내리흘리며 고개를
두어 번 끄덕끄덕하여 그러하다는 표시를 했다. 그길로 송씨
집으로 기별했더니 그 인정머리 없던 송씨 부모도 그 아들을
데리고 달려왔다.

의사가 송씨 부모를 향하여,

"여보시오. 약물을 좀 멕여야 독물을 토하고 살아날 것이니
좋은 말로 소원성취를 다 들어주마고 병자 듣는 데 한 마디만
하여 주시오."

하고 부탁을 하자, 송씨 부모는 그 역시 의심을 하고 선뜻 마음

을 내지 않고 오랜 시간을 미루어 대니 의사까지도 통분히 여겨 면박까지 주었다. 그러자 마지못해,

"이 약을 먹고 살아나거라. 네 소원대로 하여 주마."
하는 송씨 부모의 말을 들은 춘홍은 혀가 굳은 소리로,

"그리하시면 먹지……."

말을 얼버무려 간신히 알아들을 만하다. 그러나 약독이 벌써 오장에 퍼졌으니 무슨 도리로 다시 살아나리오. 다만 자기 조모와 고모를 바라보다가 봉선의 손목을 꼭 쥐고 부탁을 하는 모양 같더니 길게 한숨을 한 번 내쉴 뿐이다.

무정하고 박덕한 송씨는 간신히 삼베 수의 한 벌을 해주어 화장을 하게 할 뿐이요, 그 후에 400원 채무에 집행이 들어온다 경매가 들어온다 하여도 어디로 갔는지 사라져 보이지 않고, 최덕화의 집에서만 야단이 일어났다.

그런데 일이 공교롭게 되느라고 400원 빚 얻을 때 차용증서에 찍으려고 송씨가 직접 가서 새겼던 도장이라 '강(康)' 자가 아니라 '강(姜)' 자로 되어 있어서, 이 도장은 춘홍의 성씨와 틀렸으니 관계없다 거절하여 그 집과 세간은 근근이 빼앗기지 않고 부지하였다.

손님이 두루마리를 다 읽고 나자 ○○○가 말문을 열었다.
"강춘홍 이야기를 보니까 명화의 일대기와 비교해 어찌 다

릅니까? 죽기는 일반이지만 명화는 확실히 장씨 댁 귀신이 되었고 병천 씨도 그렇게 정사(情死)를 하였으니 죽은 제 혼이라도 억울하기가 덜하겠지만, 춘홍은 죽기까지 할 때에는 오죽기가 막혀서 그리했겠습니까. 하지만 송씨의 처리가 잘 되었는지 못 되었는지 저는 알 수 없습니다."

"나도 춘홍과 친할뿐더러 원통히 죽었다는 소문도 진즉 들었지만 이런 사실은 처음 보아 송씨가 어떤 사람인지는 자세히 모르겠네. 그리해도 가만히 보니 장병천과는 아주 다른걸. 춘홍의 죽음이 도리어 원통하다고도 할 만하네. 지금 송씨는 살아 있다나 죽었다나?"

"송씨도 그 이후로 화가 나서 집에 붙어 있지도 않고, 그 부모가 금치산 선고까지 하여 어떤 시골로 아주 내려가 있다는데 새로 계집을 얻어 살림을 차렸다는 소문이 있으니, 참말 그러면……."

"명화의 이야기를 하다가 강춘홍 이야기를 보았네그려."

"그나 그뿐이어요. 이것도 좀 보십시오. 더 끔찍끔찍하실 것이니……."

"자네는 그런 것만 주워 모아 두었는가? 웬 것이 이야기가 수용산출(水湧山出)⁎로 끈 따라 자꾸 나오나?"

⁎ 물이 샘솟고 산이 솟아 나온다는 뜻으로, 생각과 재주가 샘솟듯 풍부하여 시나 글을 즉흥적으로 훌륭하게 짓는 것을 비유적으로 이른다.

"아니올시다. 제가 그런 것을 좋아해 그런 것이 아니라 그 사람들이 모두 저와 절친한 사이인지라 주의해 듣고자도 하였고, 저를 사랑하는 손님께서 저에게 보여 주기 위해 기록을 해다 주셨는데, 오늘 영감께서 일부러 오셔서 명화의 역사를 물으시기에 그와 비슷한 일이 전후에 계속해 있기로 한번 보시라고 여쭌 것이올시다."

"기록해서 준 사람이 누구인지는 모르나 나만치나 일이 없던 것이로군."

주는 것을 받으며 손님이 묻는다.

"이것은 누구의 역사인가?"

"보시면 아시지요. 말씀을 드릴 것 없습니다. 영감께서도 아마 그 사람과 절친하실 것입니다."

"아무리 총총하지만 기왕 보던 끝이니 좀 늦더라도 어디 보세. 이 사람이 누구의 기사를 가지고 보라 하는지."

하고 궐련 한 개를 다시 피워 물고 자세자세 들여다보는데 ○○○는 곁에 앉아서 의심나는 구절에는 일일이 설명을 한다.

이화련 소전

새벽 1시, 동소문 밖 미아리로 가는 길 가운데의 큰 벌 삼선평에 조그마한 상여가 멈춰 있고, 스물서너 살쯤 되어 보이는 여자가 제물을 정결히 차려 놓은 제상 앞에 공손히 앉아 분향하고 재배를 하더니 목이 메어 섧게 운다. 그 여자의 얼굴은 달덩이 같은데 이마와 피부가 반질반질하고 눈매가 어글어글하여 반기는 빛을 가득 띠었다. 곁에 서 있는 야차[*] 사자 같은 노파는 어떻게 울었던지 목이 턱 막히게 쉬어 울음소리는 아니 나오고 입만 벙긋벙긋할 따름이다.

[*] 염라대왕의 명을 받아 죄인을 벌하는 옥졸.

어떤 남자가 이들 뒤에 우두커니 서서 보다가 가까이 가서 우는 여자를 만류한다.

"여보게, 그만 울고 일어나게. 자네가 아무리 이렇게 운다고 죽은 사람이 살아오나?"

그 여자가 미처 대답하기 전에, 몸부림을 치며 울던 노파가 그 손님 앞으로 와락 달려들며,

"에구 영감, 우리 딸이 약을 먹고 죽었어요. 내가 인제는 누구를 의지하고 사나요?"

하며 앞뒤 사설을 쏟아 내려 하자 그 사람이 먼저 인사로 대강 위로를 하고 이야기는 차차 이다음에 듣자 하며 노파의 말을 무지르고 다시 젊은 여자더러,

"그만 울고 어서 상여가 떠나게 하게. 노제라는 것은 잠깐 지내는 것일세. 더 울고 싶으면 반혼(返魂)*한 뒤에 저의 집 상청에 가서 실컷 울어도 넉넉하지."

그 여자가 손수건으로 눈물을 이리저리 씻으며,

"영감께서 이 밤중에 어찌 여기를 행차하셨어요?"

"나 여기 온 이야기는 우리 들어가며 찬찬히 하려니와, 상여나 어서 떠나보내고 여기서 돌아가세."

시각을 바삐 여기는 상여꾼들이 그 말끝에 벌써 요령을 땡

---

* 죽은 사람을 화장하고 그 혼을 집으로 도로 불러들이는 일.

강땡강 치며 상여를 메고 미아리로 향해 간다. 마침 기다리고 있던 인력거를 각각 타고 문 안으로 들어오는데, 울던 여자를 만류하던 남자와 그 여자가 앞뒤로 가까이 가며 서로 말을 주고받는 것이다. 젊은 여자가 먼저 말을 꺼낸다.

"영감께서 여기 행차하시기는 의외이올시다."

"의외라고 하겠지. 내가 어디서 놀다가 집으로 가는 길에 교동 병문을 지나다 보니까 어떤 기생 둘이 오도 가도 아니하고 서 있기에 이유를 물었더니 그 기생들의 대답이 이러했다네. '지금 이화련(李花蓮)의 상여가 나온다 하기로, 같은 권반에 다니던 정리뿐 아니라 하도 불쌍히 죽었기에 장례에 참여하지는 못하고 저 가는 것이나 보자고 여기서 기다립니다.' 내가 다시 묻기를, '이화련이라니, 서호정(西虎亭)으로 황국향(黃菊香)과 같이 다니며 활 쏘던 그 애 말이지? 참, 그 애 자살하였단 말이 일전에 신문에 났더니 오늘 그 시체가 나가는 것이로구나.' 그러자 그 기생들 말이, '말씀을 하시니 말이지, 황국향이가 참 의리가 대단한 아이예요. 화련이와 날마다 활 쏘러 다니던 정분을 생각해 오늘 밤에 동소문 밖에다 노제를 차려 화련의 상여를 영결한답니다.' 나는 그 말을 들으니 죽은 화련이가 불쌍도 하고 국향의 그 뜻이 기특도 하여 일부러 나왔네."

"참말로 화련이와 날마다 서호정으로 가서 활도 많이 쏘러 다녔습니다. 화련이가 활도 잘 쏘았습니다. 저와 서로 마음이 맞아서 가까이 지냈더니 그 모양으로 방정맞게 죽었습니다. 죽은 저도 어찌할 수 없는 극도의 상황에 달해서 죽었지만 제 마음과 나이가 아깝지요."

노제에서 울던 여자는 바로 황국향이었다.

○○○는 손님이 거기까지 읽는 것을 보다가,

"영감, 황국향이가 누군지 아시겠습니까? 지난번 경무대(景武臺) 궁술대회에서 일등을 하여 상품으로 금시계를 타던 그 국향이올시다."

"나도 짐작은 하지. 나는 이 애가 활만 잘 쏘는 줄 알았더니 마음도 매우 기특하군."

하며 또다시 아래 두루마리를 내려다본다.

이화련이 누군가 하면, 어떤 유명한 법률가에다가 행세가 매우 점잖은 신사의 딸이다. 그가 남자의 풍정으로 몇십 년 전에 별방(別房) 하나를 두었는데, 그 소생으로 딸이 둘 있었다. 그 집이 마동에 있었으므로 그 별방댁을 마동집이라고 불렀는데, 여편네가 술 잘 먹고 말 잘하고 거벅스러워서 그 남편의 뜻에 항상 위반이 되나 자식이 있는 고로 어쩔 수 없이 같이 지냈다.

그러다가 끝장에 가서는 견디다 못해 연을 끊었는데, 큰딸은

이미 출가했고 작은딸만 하나 남았다. 아비가 두고 가라 한즉 처음에는 애걸복걸하며,

"영감께서는 자손이 그득하시지만 나는 자식이라고 딸 형제가 있어 큰것은 출가외인이 되어 아무 관계 없고, 저것 하나 있는 것을 떼어 두고 가면 내가 어찌 사오? 죽으면 죽었지 견딜 수 없으니 내게 맡겨 두시다가 혼인할 나이가 되어 성례시킬 만할 때 데려오시지요."

하여 기어이 그 딸을 데리고 나왔다.

어지간히 챙겨서 가지고 나온 돈을 얼마 못 되어 다 써버리고 곤궁을 견디며 살아가기가 어려웠다. 마음이 단정치 못해 이럭저럭 교제 수단으로 몇 해를 지냈지만, 결국은 절박한 처지에 이르게 되니, 그 딸을 어떤 기둥서방(기부)에게 기생으로 팔아먹었다.

기부는 그 여자를 데려다가 이름을 화련이라 지어 조합에 보내어 날마다 가무 공부를 시켰다.

화련은 그때가 겨우 열네 살이라 아무것도 모르고 팔려 가 있다가, 차차 남의 이야기를 듣기도 하고 자기가 스스로 생각도 하여 기생이라는 것이 천한 영업임을 알게 되었다. 점잖은 아버지의 딸로 이 노릇을 어찌하리 싶어 저의 모친에게로 도망 와서는 기부에게는 죽어라고 다시 아니 가고, 부친의 집을 가르쳐 주면 거기에 가서 살겠다 했다.

사자 같은 그 모친은 연약한 어린것을 때리기도 하고 꼬집기도 하여 다시는 그런 말을 입 밖에 내지 못하게 하였다. 화련은 매도 무섭고, 저의 아버지가 이씨인 줄만 알지 이름과 집을 모르니 하릴없이 꿈쩍 못하고 있었다.

기부는 매일같이 찾아와서 화련을 보내라 독촉했다. 그 어머니는 화련더러 안 간다고 매질도 많이 하고 끌어내어 쫓기도 여러 번이었으나, 딸이 한사코 가지 않으니 할 수 없이 제 집에 내버려 두고 분세수*를 정히 시켜 이 손 저 손 불러들여서 기부의 돈을 갚는다고 말을 했다.

화련은 어머니 말을 그대로 따르지 않으면 그 몹쓸 매를 맞겠으니까, 마지못해 손님을 교제하여 기부의 돈을 보상할 뿐 아니라, 집안 식구의 생활을 붙들어 가게 되었다.

화련의 아버지는 그 소문을 듣고 여러 차례에 걸쳐 그 딸을 보내라 엄히 기별하였으나 그 어머니가 일부러 술을 취하도록 마시고 가서 칼부림을 텅텅 하며 갖은 패설을 다 늘어놓았다. 당장 몇을 죽일 것같이 함부로 떠들어 대니 그 아버지는 진저리가 났다. 또한 딸의 나이가 열일곱이 넘었는데 그와 같이 행세를 시켜 놓았으니 설혹 찾아온대도 가정에 흠만 생기지 쓸데가 없겠다 생각하고 일변 거절하고 다시는 찾아올 뜻도 아니

* 세수하고 분을 바름. 또는 덩어리 분을 개어 바르고 하는 세수.

두고 사람의 왕래도 일절 막아 버렸다.

화련은 점점 지각이 나서 생각해 보니 자기 부친의 집에는 가려고 해도 가지 못하게 할 뿐 아니라 자기 부친이 문전에 들어서지도 못하게 할 것이요. 이대로 지내자니 밀매음 신분에 지나지 못하여 말로에 논두렁을 벨지 밭두렁을 벨지 알 수가 없다. 그럴 바에야 차라리 자유롭게 기생이나 다시 되어 내 눈으로 적당한 남편을 구해 가는 것이 옳겠다 싶어 저의 어머니에게 기생으로 나가겠다고 말했다.

딸이 기생 안 되는 것을 성화로 지내던 그 어머니는 너무나 기뻐서 그 말을 듣자마자 권반으로 데리고 가서 기안에 이름을 싣고 왔다.

화련은 물 쥐어 먹고 공부를 잘해 가무가 다섯 권반 기생 중 별로 빠지지를 않았다. 밤낮으로 요릿집과 산사(山寺)며 강정(江亭)에 놀음받이가 쉴 날이 없어 집안 살림도 넉넉해지고 자기 어머니가 고래같이 마시는 술값도 넉넉해졌다.

아무리 잘 먹고 잘 입어 아쉬울 것이 없이 잘 지내나, 화련은 항상 얼굴에 수심이 걷힐 때가 없다. 남의 사정을 모르는 사람들은,

"저 애가 왜 밤낮 수심에 젖어 있노? 기생으로 저만치 되었

으면 무슨 근심 걱정이 있어서 좋은 얼굴에 화기를 띠워 웃는 낯으로 남을 대하지 못하고 왜 식혜 먹은 고양이 상으로 밤낮 턱을 괴고 고개를 뚝 떨어뜨린 채 한숨으로 세월을 보낼까? 만 자식이 부모보다 먼저 죽는 일을 보았나. 그것도 청승이야."

하지마는 화련의 가슴에 쌓인 근심을 알고 보면 누구라도 동 정해 줄 만하다.

그 근심이 무슨 일인고? 금전을 많이 모아 석숭이* 같은 부 자가 못 되어 근심인가? 귀족대관의 가속이 되어 호강을 마음 대로 못하여 근심인가? 얼굴이 뛰어나게 잘생긴 부잣집 아들 을 만나 추월춘풍에 재미있는 생활을 못하여 근심인가?

화련의 근심은 그런 것이 모두 아니었다. 자기 아버지의 이 름을 어려서는 몰랐다가 차차 지각이 나니까 은근히 수소문하 여 그가 누구인 줄 알았을 뿐 아니라, 어느 좌석에서는 만나 보기도 여러 번 하였다. 한 좌석에서 자기 아버지를 만나고도 감히 앞으로 달려들어,

"아버지, 나 여기 있습니다."

말을 못하고 쥐 숨듯 숨어 버린다. 자기 아버지도 자기의 얼굴 만 번뜻 하면 창피함을 못 견디어 슬며시 먼저 가고 마니, 부녀 간 천륜에 어찌 기가 막히지 않겠는가. 어떻게 해서 점잖은 집

---

* 석숭(石崇) : 249~300. 중국 서진(西晉)의 부호. 형주(荊州) 자사를 지냈으며, 항해와 무역으로 거부가 되었다.

자손을 만나 인연을 맺고 보면, 비록 육례 갖춘 결발부부는 되지 못해도 무지한 천둥벌거숭이의 가속이 되느니보다 나을 것이요, 그렇게 얼마간 정조를 단단히 지키고 들어앉아 신분을 잘 지키고 있으면 설마하니 우리 부친이 용서하시고 대면하시겠지 할 뿐이다.

하여 화련이 밤낮으로 비는 소원이 집안의 재산도 볼 것 없고 인물도 따질 것 없이 다만 평범한 외모에 문벌이 조촐하여 과히 무식하지 않은 남자를 만나기를 원했다. 한데 오라는 봉황은 아니 오고 오지 말라는 까막까치만 모여든다고, 밤낮으로 부르고 찾아오는 사람들이 모두 부랑자들뿐이다. 그렇지 않으면 사랑놀음이라고 가본즉 노재상의 잔치가 아니면 사회상 연회석이라, 아무리 둘러보아도 자기의 짝 될 이는 하나도 없으므로 그 일 한 가지가 근심이 되어 은근히 가슴을 태운다.

천신만고 끝에 알 만한 집 자손인 서정찬이라는 남자를 사귀었는데, 그것도 어머니 마동집 때문에 여의치 않았다. 서씨가 몇 차례 집으로 찾아오면 자기 어머니가 대뜸 끼어들어 전당을 찾아 달라, 술값을 내놓아라 귀찮게 굴었다. 만약 서씨가 한두 번 그대로 따라 주지 않으면 잡스러운 말로 맹세지거리* 를 떼어 붙이고 대든다.

---

* 매우 잡스러운 말로 하는 맹세. 또는 그런 말씨.

그럼에도 불구하고 서씨는 기어이 화련과 살림을 하자 하나, 자기 부친이 엄절하여 몸을 마음대로 움직이지 못하고 시골로 쫓겨 가서 다시는 찾지를 않으니, 화련의 근심은 점점 더 깊어 져서 고개를 한쪽으로 꼬고 한숨 짓는 것이 습관이 된 것이다.

그 내용을 자세히 아는 사람은 어떻게든 화련을 두둔하고 들었다. 그런 사람 중에 남자 하나가 마동집, 즉 화련의 어머니 가 부리는 등쌀을 다 견뎌 가며 화련을 깊이 사랑하여 아무쪼 록 마동집 함정에서 벗어나 밝은 세월을 보는 동시에, 끊어진 부녀의 은정을 다시 이어 줄까 하는 결심으로 날마다 그 집에 를 다녔다.

그 남자는 본래 재산이 넉넉지 않아서 마동집에게 생활비를 선뜻 주고 화련을 데려 내오지 못했다. 자기 수단껏 조만간 금 전이 주선되기만을 기다리며, 적잖은 돈으로 마동집의 술값을 여간 많이 물어 주지 않으니 마동집도 그 사람을 특별히 대우 했다.

화련은 그 남자를 철옹성같이 믿고 바라서 평상시 정력을 다 들여 그 남자를 환영했다.

화련이가 울화가 나서 생병이 들 지경이 되자 그 남자는 깊 이 짐작하기로, 활쏘기를 시작해 잠시라도 거기에나마 재미를 붙이면 화기 올라오는 것을 잊어버리겠지 하여 활과 화살까지 새롭게 장만해 주었다.

화련은 그 말을 따라 서호정으로 황국향을 길동무 삼아 며칠들이로 나아가 활을 쏘았다. 본래 무엇에든지 결심 있는 사람이라 활도 부지런히 공부하여 매우 잘 쏜다는 칭찬까지 들었다. 그러나 활도 마음대로 쏘러 다니지 못하게 마동집이 이런 말로 야단을 친다.

"아따 저년이 툭하면 활을 메고 나서니 활에서 옷이 나느냐 밥이 나느냐. 활을 잘 쏘면 오영문(五營門)* 대장을 할 터이냐? 계집년이 당치 않게 활이 다 무엇이냐! 아니꼬운 짓 그만두고 집구석에 들어 엎드려 있거라."

화련은 한두 번은 고집을 부려 활터에를 갔지만 그 역시 성가시어 중지하였다.

어느 날은 우연히 신문을 보다가 '인사왕래(人事往來)'라는 제목 아래에 아무개 씨는 내지를 향하여 오늘 오전 몇 시에 출발이라거나, 아무개 씨는 어제 오후 몇 시에 경상으로부터 남문역에 도착이라는 말로 여러 사람의 오고 가는 소식이 있다. 저의 부친 이름도 기록돼 있었는데, 화련은 '이 아무개 씨는 전주군에 출장하였다가 오늘 오후 8시에 남문역 도착'이라는 것을 보고 불쑥 아버지가 보고 싶은 마음이 생겼다.

'오늘은 세상없어도 우리 아버지 얼굴을 가서 뵈어야겠다.

---

* 오군영. 훈련도감, 총융청, 수어청, 어영청, 금위영 등 다섯 군영.

이따 7시만 되거든 놀음에 간다 핑계를 대고 정거장으로 나아가 입장표만 사가지고 장내에 들어가면, 인해 같은 사람들 중에 말씀은 못 드려도 때때로 보고 싶던 아버지 얼굴은 볼 수 있겠지.'

하여 저의 어머니더러는 어디서 불러서 간다 하고 바로 정거장으로 나갔다.

술에 인이 박인 마동집은 숙취에 몰려서도 화련의 놀음차[*]는 손가락으로 날짜를 꼽아 가며 모조리 받아 챙겨 쓰는데, 남문역 정거장에 나가던 날 시간대는 여러 날이 되어도 보내는 사람이 없으니까 화련에게 물어보니, 평생에 어른을 속여 보지 못한 화련은 대답이 어름어름하여 마동집의 의심이 버썩 들게 되었다.

"오, 이년 봐라. 어미를 속이고 딴 짓거리를 하나 보다."

하고 슬며시 그날 타고 갔던 인력거꾼을 불러 화련 모르게 물어보았다. 아무것도 모르는 인력거꾼은 있는 그대로 그날 일을 고한다.

"예, 저도 자세히는 알지 못하지만 그날 아씨께서 바로 남대문 밖 정거장으로 나가자 하셨습니다. 입장표를 사가지고 장내에를 들어가셨다가, 경부선 차가 들어오니까 수많은 승객들이

---

[*] 잔치 때 기생이나 악사에게 놀아 준 대가로 주는 돈이나 물건.

평양 기생 강명화전

물밀듯이 나오는데 그 틈에 싸여 나오시더니, 무슨 영문인지 한편에 돌아서서 한참 동안이나 울고 계시다가 집으로 가자 하시기에 모시고 들어왔습니다. 그 외에는 아무것도 알지 못합니다."

마동집은 그 말을 듣고 좌우 관자놀이에 힘줄이 벌떡 일어서며 두 눈귀가 쌜쭉하여지더니,

"오, 이년 봐라. 늙은 어미를 감쪽같이 속이고 뒷구멍으로 딴 짓을 꾸미는구나. 이년, 네가 세상없어 보아라, 내가 속아 넘어가나."

하고 집으로 들어와 얼굴을 정색하고 한나절까지 말을 하지 않다가 술을 일부러 사 오라 한다. 반취나 된 뒤에 편치 못한 음성으로,

"화련아, 이리 좀 오너라. 말 한마디 물어보자."

가슴이 괜히 울렁울렁하는 화련이는 안방으로 건너와 앞에 앉으며,

"무슨 말을 물어보셔요?"

마동집은 긴 장죽에 먹던 담배를 벼락 치듯 탁탁 털며,

"너, 저 지난번 쉬는 날 저녁때에 어느 놀음에 갔다 왔느냐?"

"그것은 왜 물으셔요? 놀음에 갔다 온 것을 일일이 다 어찌 알아요?"

"다른 데 간 것은 다 몰라도 괜찮은데 그날 갔던 곳은 좀 알

아야 하겠다."

화련이 생각해 보니 정거장에 갔다 온 것을 아무에게도 말한 적이 없으니 아무도 모를 텐데, 어머니가 짐작하실 리 만무하고, 틀림없이 놀음차가 오지 않으니까 의아하여 어디를 갔었다고 하면 그곳으로 재촉을 하시려고 물으시겠거니 하여 임시로 꾸며 대는 말이다.

"손님은 처음 보는 사람인데, 구룡산 일본 요릿집에서 두 시간쯤 놀았어요."

"요릿집이면 시간표는 어찌했느냐?"

"일본 요릿집이라 그런지 시간표 의심할 것 없이 말로만 두 시간이니 손님이 찾는 대로 놀음차를 보내 주마 하니 무엇이라고 다툽니까? 그대로 왔지요."

마동집은 갑작스럽게 취범의 소리같이 지르며,

"이 대담스럽고 앙큼한 년 같으니! 뭐, 구룡산에를 갔어? 근래는 남문역 정거장이 구룡산으로 이름을 고쳤느냐? 어떤 놈과 정분이 나서 어미를 속이고 정거장에 가서 마중을 하며 눈이 붓도록 울었느냐? 이년, 똑바로 말을 해라!"

화련이가 그 말을 들으니 벌써 진상이 탄로났는데 진작 이실직고를 않다가 저의 부녀간에 욕이 더 돌아오겠으니까.

"어머니, 너무 분하게 생각 말으십시오. 제가 어머니를 잠시 기망하였습니다. 아버지 얼굴을 때때로 뵙고 싶던 차에 마침 신문을 보니까 아버지께서 시골 출장을 가셨다가 그날 오후 8시에 남문역에 도착하신다 하길래, 어머니께는 놀음에 간다 속이고 정거장에를 가서 복잡한 중에서 멀찍하니 아버지 얼굴만 바라보고 말씀 한마디 못하오니, 신세가 어찌 되어 부녀간 은정이 끊어져 말 한마디도 못하노 싶어서 울기까지 하였습니다. 어머니, 나를 죽이시든지 살리시든지 마음대로 하시오."

"너 효녀로구나. 아비를 보러 정거장에를 갔더라니! 뉘 앞에서 이따위 거짓말을 또 꾸며 대느냐? 바로 말하여라. 어떤 놈과 정분이 나서 어미를 살살 속이고 정거장에 가 마중까지 하였느냐? 어미가 알기로 말리겠느냐? 어떤 어중이떠중이건 너 좋을 대로 해서 내일 들어간대도 어미가 죽기 전에 먹을 것만 주고 가려무나. 어떤 놈이냐? 바로 대라!"

하며 머리채를 끄잡고 북 치듯 한다. 자식이 스물이 넘어 서른 가까이 되면 남자라도 부모가 아니 때리거든 이 아귀 같은 마동집은 그것저것 사정을 보지 않고 그 딸을 이 모양으로 때려 준다. 화련이가 매를 맞으며 생각해 보니, 어미에게 매 맞는 것은 자식 된 도리에 원망할 수 없지만 뻔히 아비 보러 간 것을 어떤 놈과 정분이 나서 갔다고 하는 말에 그 욕되는 일이 제일 원통하여 말대답을 하였다.

"내 신세는 어머니가 망쳐 놓고 아버지 보러 간 것을 서방 만나러 갔다고 몹쓸 욕까지 하시오? 어머니 행세가 글러 남편을 버리고 뛰쳐나왔으면 당신 혼자나 나올 것이지 왜 나까지 억지로 칼부림을 하여 가며 빼앗아다가 이 꼴을 만들어 놓았소! 나를 그 꼴 만들기 때문으로 남북촌에 상당한 대우를 받는 우리 집 모양이 아주 창피해서 우리 아버지께서 남을 대할 낯이 없게 하여 놓으셨소? 그 지경이니까 아버지께서 딸자식까지 진저리가 나서 다시 대면을 아니하려고 하시지. 자식 된 나는 점점 철이 날수록 부녀간 도리로 더 뵙고 싶어서, 지난번 신문에 우리 아버지가 아무 날 아무 시에 시골에서 남문역에 도착하신다 하였기로 나아가 먼발치라도 얼굴이나 뵈려고 나가려고 어머니를 속인 것입니다. 어머니께서 아시면 반드시 허락하지 않으실뿐더러 애꿎은 아버지에게까지 욕설을 할 테니까 놀음 간다는 핑계를 하였지요."

마동집은 취중인데도 그 말을 들으니 무안한 생각이 들어서인지, 아니면 술기운을 못 이겨 몽롱해져서인지 다시는 아무 대답이 없이 화련의 머리채를 슬며시 놓고 그 자리에 쓰러져 코를 드르렁드르렁 곤다.

화련을 몹시 불쌍히 여기는 남자는 그때 마침 왔다가 그 광경을 보고 자기 뼈가 으스러질 듯이 가엾이 여겨 화련의 손목을 끌어 잡고 일으켜 건넌방으로 데리고 간다. 여러 가지 말로 타이르면서 울지 말고 안심하라고 권하며.

"여보게, 그만 울게. 자네 어머니 술주정을 처음 당했나. 천성이 그와 같이 좋지 못한 것을 자식이 되어서 어찌하겠나. 아파도 참고 설워도 참고 분하고 원통해도 다 참아야지. 아직은 얼마간 더 지내다가 좋은 기회 만나 자네 어머니 생활비나 넉넉히 주고 뚝 떨어져 가서 살면 그때 가서는 이런 등쌀도 아니 당할 것이네. 무엇보다 제일 먼저 자네가 일구월심으로 간절히 생각하는 춘부 영감도 마음대로 만나 뵐 것이니 그만 참아 마음을 진정하고, 자네 어머니 술 깨거든 얼른얼른 좋은 말로 위로나 하게."

화련은 가슴속에서 치밀어 올라오는 불덩이를 억지로 참고, 북어를 사다가 국을 끓이고 맛 좋은 약주 몇 잔을 마침 준비하였다가, 저의 어머니가 술이 깨어 일어나자 그 앞에 다정히 차려다 놓고 얼굴에 환한 웃음을 띠며,

"어머니. 머리 안 아프셔요? 어서 일어나 이것 드시고 해장하십시오."

마동집은 '그래도 제 배로 낳은 자식밖에 없다. 그 야단을 받고도 여전히 내게 효성스럽구나' 하는 마음이 들어서 부드러운 음성으로,

"오냐, 일어나 먹겠다. 아마 내가 주정을 많이 하였지?"

화련이가 다시 웃으며,

"어머니 생각 못하시겠어요? 주정만 했게요, 나를 사뭇 때리시고, 그저 아파 죽겠는데……."

이같이 응석 비슷하게 대답을 해서 그 어머니의 마음을 풀어 준 일이 하루가 멀다시피 있었다.

몸이 좀 아파서 누워 있어도,

"꾀병이냐 실병이냐? 앓기만 하고 놀음에는 아니 다니면 무엇을 먹고 살자느냐?"

요릿집 인력거가 이틀만 거푸 아니 와도,

"송장 나간다 우리 화련이. 애, 아무개의 딸 아모는 하룻밤에 인력거가 네다섯 군데서 데리러 온다는데 너는 왜 이 모양이냐? 귀찮아서 보내지 말라고 부탁을 하였더냐?"

하며 생트집을 더럭더럭 잡으며 시시때때로 들들 볶는다. 술을 못 사 먹어도 화련이를 욕, 술에 취해도 화련이를 욕…… 이따금 자기 마음이 흡족할 때가 있으면,

"우리 화련이 참 절묘하지. 사람이라는 것이 씨가 따로 있어. 저의 아버지 이○○ 씨가 어떠한 가문이며 어떠한 행세꾼인가. 그 씨를 받은 자식인데 그러면 데면데면할까 보냐. 기생 중에는 우리 화련이 당할 년이 없나니라."

하여 줄통*을 열 길씩 빼낼 때도 있지만 심사가 틀려 화풀이할 때에는,

"천하의 못된 년은 우리 화련이 같은 것이 없어. 제가 이○

---

* 줄통뽑다 : 호기가 나서 객기를 부릴 때, 옷깃을 헤치는 기세로 목 아래의 속 옷깃을 뽑아 올리다.

○의 자식이라고 교만해 가지고 제 어미까지 시들히 여기는지…… 양반의 자식이면 무엇하고 중인의 자식이면 무엇하며 상놈의 자식이면 무엇하노. 모두 제 자격에 달렸지. 에그, 아니꼬워라. 기생 된 년이 지체와 문벌은 다 무엇해. 요년 다시 그딴 마음을 가지고 있으면 다리를 분질러 놓고 말겠다."

이렇게도 말하여 과연 견딜 수 없이 들볶아 놓는다. 화련은 아무 경황이 없고, 다만 어서 죽어 이것저것 다 잊어버릴 마음뿐이었다.

화련을 위로하여 안심시키던 그 남자가 마동집의 하는 모양을 보다 못해, 사내로서 의협심이 나기도 하고 화련에게 은근히 조르기도 하여, 마동집과 협의를 하여 천 원으로 마동집의 생활비를 주기로 작정하고 우선 400원을 건넨 뒤에 집 하나를 월세로 얻어 화련을 데리고 나왔다.

화련은 먼저 권반에서 이름을 없애고 영업장을 바치니 개천에서 뛰어나온 듯이 시원도 하고 이제 곧 자기 아버지를 찾아 만나 볼 수 있다는 생각에 한없이 좋았다.

그 남자가 자기 격분에 참다못해 혼자 앞질러 없는 돈을 내어 우선 400원을 주어 놓고, 그 뒤로 아무리 돈 주선을 하려고 해도 마음먹은 대로 예산이 들어서지를 않아 차월피월 드티어[*]

---

[*] 드티다 : 예정하였거나 약속했던 것이 어그러져 뒤로 미뤄지다. 또는 뒤로 미루다.

간다.

마동집은 화련을 보낸 후로 단돈 한 푼이라도 수입으로 들어올 곳은 없고, 먼저 받은 400원은 부스러기 돈을 만들어 시량도 그 돈으로, 반찬거리와 담뱃값도 그 돈으로, 밤낮으로 안 먹고는 못 견디는 술값도 그 돈으로 쓰니 얼마 못 가서 다 없어져 버렸다. 그 후로 날마다 그 딸에게로 베틀에 북 드나들 듯하며 나머지 600원도 재촉을 성화같이 하였다. 애 쌀이 떨어졌다, 애 나무가 없다, 찬값 좀 다오, 담뱃값 좀 다오, 오늘은 술도 이때까지 못 먹었다, 아무 돈이라도 이리 좀 다오, 하여 진지구무이(秦之求無已)*로 자꾸 빼어서 가니, 처음에는 그 남자가 있는 대로 지갑을 털어 주다가 나중에는 그조차도 받아 줄 도리가 없으니까 화련의 의복과 패물을 한 가지 두 가지씩 차례차례 모조리 전당 잡혀 겨우 해주었다. 만일 미처 전당도 못 잡히면 당장에 이년저년 소리가 나오며 큰 소란을 피우니, 내일은 어찌 되었든 당장 지어 먹을 밥쌀이라도 퍼내어 팔아 주고야 견딜 수 있었다.

'얼른 무슨 돈이든지 600원만 수중에 들어왔으면 시간을 끌지 않고 마동집을 주어 끊어 버리고, 화련을 멀찍이 옮겨 있게 해서 다시 그 성화를 안 받았으면…….'

---

* 진시황의 구(求)함이 그침이 없다는 뜻으로, 탐욕이 한없음을 뜻한다.

하는 남자의 생각은 골똘하지만 될 듯 될 듯한 돈이 좀체 마련되지 않는다. 마동집이 날마다 시시각각 와서 성가시게 구는 양은 진절머리가 나 못 견디겠으니까 남자는 몇 차례 이런 말까지 화련에게 했다.

"여보게, 나는 참으로 돈 주선을 금방 할 수가 없는데 자네 어머니는 저같이 성화독촉을 하니, 이러지 말고 자네가 도로 친정으로 들어가 얼마간 지내면 내가 돈이 주선되는 대로 600원을 마저 셈하고 자네를 데려옴세. 당초에도 자네가 어머니에게 부대끼는 형상이 너무나 딱해서 남자의 호협한 마음에 일의 앞뒤를 미처 생각지 않고 자네를 데려 내왔더니, 자네 고생이 미진하여 그런지 나의 주선력이 부족하여 그런지 얼른 돈은 안 되고 자네 어머니 급히 구는 것은 사람으로는 감당키 어려우네. 내 마음만 굳게 믿어 섭섭히 알지 말고 가서 있게."

화련은 어쨌든 한번 나온 이상에 다시 들어가는 것은 죽으면 죽었지 남부끄러워 못하겠다는 말로 반대를 하고 지긋지긋한 그 일을 참아 왔다.

결국 어느 날 마동집이 술에 대취해 대문 밖에서부터 소리를 고래고래 지른다.

"이 주사 나리인지 영감인지 대감인지 이리 좀 나서거라. 남의 자식을 살살 꾀어 영업도 못해 먹게 데려가 놓고 그 잘난 돈 600원도 못 해주고 내 딸 의복 패물을 모조리 잡히고 팔아 먹어? 그렇게 할 수 없는 위인이 아니꼽게 기생첩이 무엇이야! 그렇게 기생을 꿰어 들일 양이면 못할 놈이 없게. 별별 아니꼬운 꼴을 다 보겠네. 당장 600원을 내놓고, 내 술값 외상을 다 갚아 놓아라. 술값 외상이 300원 돈이다. 네가 내 딸을 빼내 오지만 않았으면 내가 이 모양으로 굶주리고 술값 외상을 졌겠느냐?"

이어서 화련에게도 퍼붓는다.

"이년, 화련이 어디 갔느냐? 썩 나와 내 말 들어라. 이년아, 장안 기생을 다 보아라. 어떤 년이 이 모양으로 어미 괄시를 너와 같이 하더냐? 정경부인이 되어 가는 듯이 서슬이 퍼렇게 나오던 년이 생활비를 왜 마저 안 주느냐? 이년, 네 마음에는 절로 나서 절로 자라고 절로 이만치 된 줄 알아도, 열 달을 배에다가 차고 고생을 하다가 위험을 무릅쓰고 낳아서 진자리 마른자리 골라 뉘어 가며 기른 내 공이 얼마나 들어서 네가 자랐느냐? 조합에 보내 소리 가르치고 춤 가르치느라고, 의복 뒤 신발 뒤를 남의 그것에 빠지지 않도록 하느라 어미 공력이 얼마나 들었느냐? 이년, 이 의리도 없는 년아! 그 공을 모르고 나를 괄시하여 시량만 없다 해도 눈썹을 찌푸리고, 술값을 달라 해도 눈깔을 쌜쭉 떠? 오늘은 끝을 내고야 말겠다. 어서 돈 내놓아라!"

화련은 그 말에 한 마디도 대답지 않고 옷 앞자락이 흠씬 젖도록 울기만 한다.

마동집이 제풀에 지쳐 집으로 돌아간 후에 그 남자는 화련에게 서로 헤어질 것을 고하였다.

"여보게, 나는 지금부터 자네와 작별일세. 내 아무리 생각해봐도 자네 어머니 생활비라든지 술값을 얼른 해줄 수는 없네. 또한 자네 어머니의 야단은 날로 심할 뿐 아니라 내가 자네 곁에 있어서 자네를 한층 더 구박하는 것일세. 아무리 우리 둘의 은정은 깊었으나 이 모양으로 서로 붙들고 있는 것은 도리어 미련한 일이네. 여러 말 할 것 없이 서로 갈라서서 자네는 친가로 가서 노모 봉양을 전과 같이 하고, 나는 내 마음대로 활동을 하다가 아무 때든지 좋은 기회를 얻어 옛 인연을 다시 이어가도록 해보세. 나는 세상없어도 굳은 마음이라 변할 리 만무하니 그것은 조금도 염려하지 말 것이요. 또한 허다한 남자 중에 나만 못한 남자가 어디 있겠나? 그런즉 나같이 무산자로 활동력 없는 사람을 믿지 말기 바라네."

화련은 그 소리를 듣고 기가 막혀 미처 말을 못하고 있는데, 남자는 옷을 걸쳐 입고 뒤도 안 돌아보고 밖으로 나간다.

"홧김에 저리 말하신 게지. 설마 밤 깊기 전에는 들어오시려니……."

하는 생각을 하는 화련은 저녁밥도 안 먹고 은근히 기다렸다.

그러나 그 밤이 다 새도록 끝내 종적이 없으니,

"혹시나 화풀이로 어디서 술을 많이 자시고 드러누웠나. 마지막 말과 같이 남자의 기상에 부끄러워서 한강 철교에 떨어지지나 아니했나."

온갖 생각이 다 나서 행랑할멈을 시켜 그 남자의 종적을 찾아보도록 하였다.

얼마 안 되어 행랑할멈이 돌아와,

"다 쓸데없습니다. 아씨는 엊저녁부터 오늘 아침까지 이때 아무것도 안 잡수시고 애를 쓰시는데 나리께서는 이발소로 가시더니 머리를 하이칼라 상고머리로 깎은 다음 댁에 가셔서 진지 한 그릇을 다 잡숫고 어디로 출입하셨습니다. 저를 보셨는지 못 보셨는지 아씨 말씀은 묻지도 않으시고 모르는 체하시는 것을 뵈니까 제 마음에도 어찌나 분한지요."

당장 내일 죽을 것은 모르고 천만년 살 계획을 하는 것이 사람의 욕망 때문이 아닌가. 그 욕망이 다 떨어지면 세상만사가 모두 시들해져서 누가 내게 좋게 대해도 별로 반가울 것이 없고. 누가 내게 야속하게 대해도 별로 분할 것이 없다. 화련은 한 가지 독한 마음을 이미 먹은 이상이라 자기가 태산같이 믿던 남자가 그같이 냉정히 구는 것이 도리어 시들해져서 행랑할멈을 향해 껄껄 웃으며.

"그만두게. 그 양반이 이러거나 저러거나 다 관계없네. 사내 양반이 어찌어찌하여 우연히 계집과 관계를 맺다가 그만두는 것은 흔한 일이지, 그 양반 원망할 것이 무엇 있나? 일일이 자기 계획과 다르게 되니까 내 사정은 못 봐주고 그만두시는 것이지. 그 양반인들 마음이 글러 그리하시겠나. 요란스러워."

하여 할멈을 물려 보내고 혼자 한탄으로,

"이제는 더 바랄 곳도 없고 더 믿을 곳도 없으니 나 하나 죽어 없어지는 것밖에 도리가 없다. 춘홍이 죽었을 때에 초종(初終)*에 가서 망인의 신을 일부러 신고 '춘홍아, 죽은 사람의 신을 신어 보면 영혼이 곧 데려간다 하더라. 나를 어서 데려가거라' 하였더니 그것도 모두 거짓말인 게야. 이때까지 춘홍이 혼이 나를 안 데려간다고 말을 하였더니 인제야 춘홍의 뒤를 따라가겠구나."

하고 목이 메는 음성으로 창가 한 편을 아래와 같이 불렀다.

1

뇌성벽력 비퍼붓고 바람부는데
가 – 련한 꽃한가지 홀로섰으니
어느누가 대자대비 착한맘으로
저꽃가지 바람비를 가려줄쏘냐

---

*초상이 난 뒤부터 졸곡까지 치르는 온갖 일이나 예식.

2

악마같고 독사같은 나의고통이
사면으로 지쳐들어 쉴새없으니
아 – 무리 금사철망 벗어나려도
혈혈단신 내힘으론 무가내하라

3

박 – 정한 남 – 편을 깊이믿음은
나의지각 어리석기 짝이없도다
꿈결인지 생시인지 일조일석에
아 – 홉길 공든탑이 무너졌고나

4

연 – 애를 못잊음은 아니지마는
천사만사 분한생각 자연생긴다
누 – 웠다 일 – 어나 창을밀치니
밤은차고 달밝은데 닭의소리라

5

침 – 변에 젖어있는 나의눈물은
구곡간장 굽이굽이 썩은것이라

평양 기생 강명화전

천연스런 사색으로 강작하여도
무망중에 긴한숨에 땅이꺼지네

6
오장속에 쌓인수심 누가알쏘냐
말못하는 벙어리의 가슴앓이라
이팔청춘 젊고젊은 이내앞날을
헛 – 되이 그르침이 불가하지만

7
측은하고 괘심하게 여기오시던
불 – 효녀 화련이는 멀리가오니
고당상에 칠십당년 우리부친은
영 – 원히 만수무강 누리옵소서

벌떡 일어나 머리 감고 얼굴을 깨끗히 한 후에 새로 지어 두었던 의복을 꺼내 헌 옷과 바꿔 입었다. 그런 후에 방문을 첩첩이 닫아걸고 벽을 향하고 아랫목에 가 접힌 듯이 돌아누워 무슨 연구를 잠깐 하다가 벌떡 일어나 앉으며,

"아무리 생각해도 다 소용이 없다."

하고 빨래하려고 사다 두었던 양잿물을 자리끼 그릇에 진하게

풀어서 한숨에 마신 후에, 필통을 열고 유서를 쓰다가 약독에 고통을 못 이겨 붓을 그대로 던지고 세상 모르게 쓰러졌다.

그 소문을 들은 마동집은 엄마 뜨거워라 하고 한걸음에 뛰어와 보니 벌써 일이 글러졌으나 병원으로 급히 떠메어다가 며칠간 연명을 시켰다. 그러나 이미 약독이 오장육부를 녹였으니 뛰어난 명의가 온들 무엇하리오.

결국 세상을 아주 떠나니 마동집이 열 길 스무 길 뛰며 대성통곡한다.

사위 되었던 남자는 화련이가 그렇게 허무하게 죽을 것은 생각도 안 했다가 황겁하고 와서 보니 급한 지경이니까, 세간을 헐가로 팔아서 병원비를 물어 주며 살기를 희망했다. 그러다가 화련이 죽자 시체의 손발을 어루만지고 더운 눈물을 비 오듯 흘린 다음, 하릴없이 수의 관곽을 장만하여 미아리 공동장지에 안장까지 지내 주었다.

자기 딸이 그 모양으로 죽는 양을 본 마동집은 그 딸 죽은 것은커녕 앞으로 자기가 살아갈 일이 막막하여 땅을 두드리며 울 때마다 이러한 말을 늘어놓는다.

"화련아! 화련아! 나를 버리고 어디로 갔느냐! 늙은 어미는 누구를 믿고 살라고 이렇게 버리고 갔느냐!"

그 모습을 보고 측은히 여기는 사람도 있겠지만,

"저런 흉악한 것. 제 자식에게 못할 노릇을 하더니 죽으니까 슬프니 원통하니 울다니! 우는 눈에 오줌이나 깔길까 보다."
하는 사람도 적지 않았다.

　마동집은 그 딸이 죽은 후로 제아무리 살려고 하나, 돈 한
푼 날 곳이 없고 집에 있는 물건이라고는 모조리 팔아 젖혀 술
만 퍼부어 먹고 사방으로 헤집고 다녔다. 그러다가 견디다 못
해 자기가 잘못한 것을 한없이 후회하며 한 시간도 더 살아 있
을 마음이 없어 이내 약을 먹고 자살을 해 버렸다.

　손님은 보기를 마치고 ○○○를 건너다보며,
　"나도 이화련의 부녀와 마동집까지 다 친했지만 모녀가 차
례로 자살했다는 소문을 듣고 악착스럽게 여기기는 했는데, 내
막이 이러한 줄을 몰랐던걸."
하며 슬픈 기색을 띠우니 ○○○가 궐련을 피워 권하며,
　"영감께서 그렇게 언짢아하실 줄을 모르고 괜히 보시라고
하였습니다. 영감께서는 아마 춘홍이도 알고 계시겠지요?"
　"알고말고. 그 애도 내가 기르다시피 했고 명화도 여러 번 좌
석에서 만나 구면이었지."
　"영감께서 비명에 죽은 세 아이를 다 아신다니 말씀이지, 저
희들 죽은 일에 대하여 각각 평론을 해주십시오."
　"세상에서 어려운 것이 죽는 일인데, 그 어려운 것을 결단하
고 죽은 사람들에 대하여 무슨 평판을 하겠냐마는, 말을 하자

면 죽기는 한가지로되 각각 무겁고 가벼운 것과 옳고 그른 것이 있을 뿐이지."

"그러하오면 말씀을 해주세요. 저도 여쭐 것이 있습니다."

"이미 저세상 사람이 된 이상에 그 길고 짧음을 말할 필요가 없거니와, 명화에 대하여는 혹 사람들이 말하기를 음탕한 여자로 남의 귀한 자식을 꾀어내 재산을 빼앗으려다가 마음대로 못 되니까 제 독에 겨워 죽은 것이라 하니, 그 말이 절대로 틀린 것은 아니지만, 실상을 알고 보면 명화가 음탕한 여자는 아니지. 만약 음탕한 여자 같으면 자기와 교제하고 싶어 하는 자가 헤아릴 수 없을 만큼 많았으니 앞문으로 맞고 뒷문으로 내보냈으면 제 욕망도 채우고 금전도 넉넉히 챙겼을 것이지. 앞에 기록한 바와 같이 대구에 있는 어떤 큰 부자의 아들이 성화같이 사귀고자 하는 것을 제가 사양하고 허락지 아니하였으니, 그 일 한 가지만 봐도 음탕한 계집은 아니라 하겠지.

다만 천성이 악독하다 하면 그것은 면치 못할 말이네. 제 손가락 아픈 것을 생각지 않고 뚝 끊고, 머리 아까운 줄 모르고 베어 버리는 일이 모두 독하지 않으면 못할 일이 아닌가. 그가 죽으려 준비할 때 여러 날 동안 마음이 변치 아니하여 병천을 속인 것이며, 온천으로 내려갈 때에 쥐약을 사서 감추어 가지고 7일 동안이나 아무 내색 없이 산보도 하고 창가도 하여 천연덕스럽게 지내다가 병천의 무릎을 베고 죽어 버린 일은, 독하기 비할 데가 없지.

제 소유를 다 없애 가며 병천을 지키다가 결국 죽을 때에 했던 말을 보건대 '내가 살아 있으면 나리가 가정의 미움을 더받을 것이요, 사회의 명예가 더 타락될 것이니 차라리 내 몸 하나 죽어 나리 앞길이 열리게 하려고 약을 먹었소'라고 하였으니 그 말은 거짓말로 꾸민 것이 아니요 진심에서 나온 것이라할 수 있으니, 평상시 거짓말이 없지 않다 할는지 모르나 당장죽어 가는 사람이 무슨 정신에 말을 꾸며 하였겠나. 응당 자기정신에 맺혀 있던 말이라 그 말 한마디가 병천의 가슴에 못이되어 따라 죽게 된 것이지. 죽은 뒤에 혼이 사라지지 않고 구천에 맺혀 있어 종종 병천을 찾아와 지성으로 앞길을 인도한 것을 보면 참으로 깊은 지극정성이 철퇴를 가히 깨뜨릴 정도니, 그 죽음은 어떻다 할는지 모르나 결심한 바는 기특하지 않을수 없네.

춘홍이에 대하여는 세상에 훼자(毁訾) 사건이 일찍이 없어사람의 비평이 별로 없었으나, 석왕사에서 얼마 안 되는 노자를 기울여 가며 뜨거운 피를 끓여 청중에게 행한 연설 한마디에 고초에 빠진 유학생을 편안히 돌아가게 하였으니 그 일 한가지로 보아도 사상이 매우 있는 여자이지.

허나 한갓 처지를 잘못 타고나서 화류계에서 갖은 고생을하다가 불행히 송씨와 악한 인연을 맺어 제 힘만 허비했지 않왔나. 팔십 조모가 여생을 편케 지낼 만한 자본을 마련하지 못하고 일시적인 감정으로 편협한 마음을 풀지 못해 생명을 헛되이 버렸으니, 역시 독한 비평을 면치 못하겠지. 그러나 유서의 본뜻을 보건대 앞뒤가 어긋나지 아니하고 필적이 빈틈 없고 난잡함이 전혀 없어 천성이 깨끗한 것을 알겠지만, 다만 인내심이 부족해 어려움을 견디어 앞길을 닦지 못하고 악착한 이름만을 남겼으니 아깝지 않은 것은 아닐세.

그다음 화련에 대해서는 나의 가슴이 답답해지도다. 부모가 자식을 잘못 두어도 큰 화근이지만, 자식이 부모를 잘못 만나도 여간 걱정이 아니로다. 화련은 어디로 보든지 그 사람됨이 참하고 온유하여 천박하지 아니하므로 보는 사람마다 칭찬을 하였고, 그 내력을 아는 자는 아무라도 씨 있는 자식이 어디가 달라도 다르다고 하였지.

허나 어미가 막되어서 제 자식을 잘 양육해 저의 본집과 어울리는 집안에 출가시켜 원앙의 쌍지음을 보지 아니하고, 칼부림을 해가며 빼앗아다가 화류계에다 억지로 집어넣었다지. 그나마 자유롭게 풀어 주어 화련 스스로 앞길을 열어 살아가게 아니하고, 웬만큼 사람다운 자가 화련에게 드나들면 모조리 들날려 쫓아 버리고 부랑자들만 환영해 술추렴으로 세월을 보내면서 술값이 떨어지면 불쌍한 화련만 들볶으니 사람으로 태어나 그 성가심을 어찌 참아 왔겠나.

평양 기생 강명화전

세월이 흐를수록 아버지가 보고 싶어서 살이 슬슬 내릴 지경이었지마는 감옥같이 사나운 그곳을 벗어날 길이 없으니, 오랜 시간 동안 자나 깨나 얼마나 많은 고민을 하였으리오. 아무리 듣고 보아도 적당한 남자는 만나기 어렵고 아무에게나 몸을 허락하기는 죽기보다 싫어서 초조한 간장이 결국에는 병이 되어 종종 잠자리에서 신음하니, 그 어미 마동집은 앓기만 한다고 함박 쪽박을 메어붙이며* 야단을 쳤지. 아픈 것을 참고 억지로 몸을 일으키는 화련이의 마음이 어떠하였으리오.

간신히 어떤 남자를 만나 억지로 저의 어머니 생활비를 얻어 주고 밝은 세상에 나와 그리던 아버지를 다시 만나 마음 깊은 곳에 서려 있는 설움을 하소연해 볼까 하였더니, 그 역시 뜻과 같이 못하니 남은 일은 죽는 것밖에 다시없지. 어미의 포학을 견디지 못해 남자가 매몰차게 구는 양을 보고 한 가지 결심이 모질게 들어 이내 세상을 하직했으니, 그 처지를 깊이 생각하면 아주 측은하여 동정의 눈물이 없지 못하리로다."

그 말을 듣고 있던 ○○○가 말을 받는다.

"저는 얕은 소견에 이렇게 생각합니다. 여자는 본래 성질이 한쪽으로 치우쳐져 한번 맺히면 풀리기 어려워 죽기가 더 쉽습니다. 그런데 명화는 장씨 만나는 날이 벌써 죽을 길 닦는 것이

* 어깨 너머로 둘러메어 바닥에 힘껏 내리치다.

라 하루아침에 일어난 일이 아니요. 춘흥은 죽음이 별러 온 것이 아니라 송씨에게 계속 속은 일에 분한 마음이 폭발하여 별안간 독한 마음을 먹은 것이지요. 화련은 그 어머니 때문에 아버지와 의가 끊어지고 몸이 천한 땅에 떨어진 것이 철천지한이 되어 죽을 결심을 한 지 역시 오래되었으나, 뜻밖으로 기생의 신분을 벗어나면 그리던 부친을 다시 볼까 희망하다가 그 희망이 떨어지자 불시에 독한 마음을 먹은 것이니까, 세 사람의 일은 각각 다르나 그 독한 결심은 모두 같은 줄로 압니다."

"그대의 말이 맞네. 세 사람이 모두 악독한 자라 그 죽음을 족히 칭찬하여 말할 것도 없거니와, 사정을 살펴보면 그렇게 죽은 것도 이상할 것이 없네. 그러므로 이미 죽은 자들을 마음에 두어 다시 얘기할 바가 없고, 그들을 죽도록 만들어 놓은 원인을 평가하자면, 춘흥과 화련을 괴롭게 한 상대방은 분명해서 따질 것도 없거니와, 명화 하나로 말하자면 그 시아버지 장씨의 조처에 허물이 있네.

장씨가 지벌도 혁혁하고 집안도 큰 부자요 그 아들이 독자인즉, 우선 체면도 보고 자식도 생각하여 금전은 좀 허비가 되겠지만, 너그러운 태도를 취해 지각없는 어린것들을 위안시켜 마음이 편토록 해주고 서서히 단속해 자기 규모에 들어오도록 하였더면, 결코 명화와 자기 아들 병천까지 죽는 일이 없었을 것이지.

허나 그같이 아니하고 집안의 규율만 지키느라 너무 강박하게 하다가 참혹한 두 초상이 나게 하였으니, 죽은 저이들을 손가락질하기보다 장씨의 처사를 그윽이 탄식하노라. 어떤 이는 말하되 '병천의 철없는 것은 말할 것 없고 명화같이 악독한 요물을 집에 받아들였다가 무슨 화근이 생길지 알리오. 내가 장씨라도 명화는 기어이 거절하고 말았을 것이다' 하나, 이는 결국 자기가 겪은 일이 아닌지라 죽은 이들을 편들기보다 풍력 있는 장씨의 마음을 사고자 하는 데 지나지 못함이네. 그러나 이 사람도 장씨가 사리와 체면에 위반된 조처를 하였다 함이 아니요, 미처 뒷일을 염려치 아니하고 너무 가혹하여 참혹한 일을 보았다 함이지."

"영감, 이다음 토요일에 영도사(永導寺)*로 구경을 아니 오시렵니까?"

"무슨 구경인가? 좋은 구경이면 가보지."

"그 애들 죽은 것이 하도 불쌍해서 저희 몇 사람이 의논을 하고 이다음 토요일 오후 2시에 영도사에서 추도회를 하기로 했습니다."

"그러면 열 일 제치고 나가 보지."

---

* 서울 성북구 안암동에 있는 '개운사'의 옛 이름.

홍릉으로 향하는 전차가 안감내(안암천) 아래에서 잠시 정류했다. 이날은 승객이 어찌 그리 많은지 사람이 엿기름 들어서듯 가득가득 타고 나와서 정류장에서 꾸역꾸역 내린다. 그 많은 승객이 4분의 3은 여자요 4분의 1은 남자다. 여자는 늙은이 젊은이 할 것 없이 의복 입은 차림이라든지 걸음걸이가 모두 취미가 있어 보여 하나도 여염집 부녀 같지 않은데, 그들 중에는 기생이 많다. 남자는 음풍농월하러 나오는 이와 친구의 첩 대하러 나오는 이가 있겠지만 그 나머지는 전부 부랑한 자들 같다.

그 많은 사람들이 앞차 뒤차에서 연속으로 끊이지 않고 내려서 개천을 왼편에 끼고 모래언덕을 따라 북으로 향하고 들어간다. 인력거, 자동차, 자전거가 모여들어 어찌나 복잡한지 걸어가는 사람들은 먼지에 부대껴서 산 아랫길로 피해서 갔다.

울울한 송림이 우거진 데에 낮 연기는 비끼었고 바람결에 경쇠 소리는 가까워졌다 멀어졌다 은은히 들리니, 그곳은 묻지 않아도 큰 사찰이요, 사찰 이름은 누구나 모두 아는 영도사다.

법당 큰 마루에 작은 병풍을 둘러치고 나란히 놓인 제상에 제물을 성대히 차려 놓았다. 그 뒤로 여자의 사진 셋이 일자로 걸려 있다.

여자들은 다투어 앞으로 들어가 향을 피워 재배를 하는데 하나같이 돌아서 나올 때에는 눈물이 비 오듯 옷깃을 적신다.

남자들은 뒷줄에 틈틈이 끼어 서서 예식을 구경하는데 지루한 생각이 들 만큼 여러 시간이 걸린다.

꽃 같은 여자 하나가 향상 앞에 가 꿇어앉았더니 분길 같은 두 손으로 편지를 펴서 들고 낭랑한 음성으로 물 흘러가듯 내리 읽는다. 이는 그 여자가 지어 가지고 온 제문이다.

유세차 모년 모월 모일 친구 황숙경은 글을 지어서 울며 선랑 (仙娘)*의 영혼에게 고하노라. 그윽이 생각건대 높은 영혼들 이여, 꽃의 아리따움은 그 얼굴이요 달의 냉정함은 그 태도로 다. 옥같이 따뜻함은 그 성품이요 난초같이 향기로움은 그 사 귐이로다. 화류계에 잘못 떨어짐이 어찌 본래 뜻이리오. 진퇴 가 유곡이라 깊이 맹세하고 지조를 배웠도다. 그 노래는 꾀꼬 리가 봄 그늘에서 구르는 것 같고, 그 춤은 버들이 동녘 바람 에 흔들리는 것 같도다. 장춘관 명월관에 밤마다 불을 밝게 비추고 영도사 안정사에 날마다 손을 잡고 사귄 의가 친구뿐 아니라 깊은 정이 자매와 같도다. 일의 성패는 스스로 때가 있 고 몸의 고락은 이 또한 운에 매였거늘 어찌하여 오해한 마음 이 맺히고 풀리지 못하여, 슬프다! 순식간에 길이 구천의 손을 지었는고. 토끼가 죽으매 여우가 설워함은 동류가 서로 감응

* 선녀 같은 처녀

함이라. 바람을 맞으며 통곡하매 나의 눈물이 옷깃에 가득하도다. 어둡지 아니한 자 있거든 모두 이 얇은 잔을 흠향할지어다. 상향.

읽기를 다 마치고 그 자리에 엎드려 대성통곡을 하니 홀지에[*] 어두운 구름이 사방을 덮은 듯, 여러 백 명 둘러섰던 사람의 눈이 일시에 침침해지고 가슴이 먹먹해진다.

한 여자가 연단에 높이 올라서더니 종이에 적은 것을 손에 펴 들고 죽은 이들의 약전을 진술한다.

"오늘 추도회는 저기 사진 속에 있는 세 사람을 위해 열린 것이올시다. 저 사진의 제1위는 고 강명화 씨올시다. 명화는 평양 태생으로 가난한 집안에서 성장하여 고초를 많이 겪다가 그 부모의 지도로 가무를 공부한 후 17세에 경성으로 올라와 대정 권반 기생이 되었습니다. 그런데 이 사람의 심중은 기생 신분에서 벗어나 새롭게 삶을 시작하는 것이 온당치 않은 바도 알지만, 부모와 형제의 생활을 위해 여러 해 동안 그 마음이 즐겁지 않은 노릇을 하다가, 눈에 들고 뜻에 맞는 장병천 씨를 만나 백년 살기로 언약을 맺었습니다. 중간 풍파로 손가락을 자르고 단발한 것은 다 아실 듯하오니 그만둡니다만, 장씨와 만

[*] 뜻하지 않게 갑작스럽게.

난 이후로 만고풍상을 모두 겪어 가며 그 시부모의 용납을 받아 재미있는 가정을 이루어 볼까 하다가, 결국에는 이루지 못함에 낙심이 되어 그 맺힌 마음을 풀지 못하고 온양 온천에서 신세자탄가 한마디에 마지막 길을 떠나갔습니다.

제2위는 고 강춘홍 씨올시다. 춘홍은 경성 태생이나 그 부모는 평양 사람인 고로 남들이 반평양집이라 하였습니다. 일찍이 부모를 모두 여의고 그 팔십 조모의 밑에서 자랐습니다. 그 조모가 춘홍을 애지중지 길러 내어 기생에 넣었습니다. 연약한 몸으로 권반에 다니며 노래 부르기 춤추기를 공부하느라고 병도 여러 차례 났습니다. 원래 총명한 자품이라 능하지 않은 것이 없으므로 어느 놀음에 빠진 적이 없어서 영업을 잘했다고 할 만했으나, 한 사람이 밭 갈고 열 사람을 먹이는 것은 자고로 되지 못할 일이라, 춘홍 혼자 벌어들이고 다수의 식솔이 먹고 살려니까 자연 재산을 많이 저축하지는 못하고 근근이 지내갈 만하였는데, 예전과 비교하면 곧 부자 살림이라 할 만하였습니다. 나이 스물이 넘어 스물넷이 되니까 자기 조모와 함께 살 집칸이나 아주 마련을 해주고 조촐한 신분이 되어 보려고 마음을 쓰다가 그 소망이 물거품으로 돌아가니까 세상이 귀찮은 생각이 꼭 맺혀서 비명에 간 귀신이 되고 말았습니다.

제3위는 고 이화련 씨올시다. 화련은 경성 태생으로 기생 될 처지가 아니었지만 그 어머니를 잘못 만난 탓으로 백옥이 진토에 묻혔습니다. 특별히 총명할 것은 없으나 집념이 확고한 고로 열심히 공부를 하여 가무를 두루 잘한다 칭찬을 들었고, 근래 풍조를 따라 활도 배워서 매우 잘 쏜다고 하였습니다.

그러나 가슴속에 억울한 근심이 쌓여서 얼굴에 별로 화평한 기색이 없었습니다. 부친을 생이별하여 직접 모셔 보지 못한 까닭입니다. 평생의 깊은 한이 부녀간 은정이 끊어짐이라, 한결같이 결심하기를 자격 있는 남편을 만나 천한 영업을 면하고 어머니 생활비나 얻어 주어 멀찍이 서로 떨어져 살며 부친의 용납을 얻어 끊어진 천륜을 다시 잇는 동시에 행복한 생활을 해보려고 무진 애를 썼습니다. 그러다가 만난다는 남자가 재산이 넉넉지 못해 어머니의 생활비를 주지 못하니 모든 것이 물거품이 되었습니다. 어찌할 수 없는 곤경에 떨어져 차라리 죽어 모르는 것이 상책이라는 결심을 풀지 못하여 길게 자는 손을 짓고 말았습니다.

그런즉 이 세 사람의 죽음이 하나도 원통치 않음이 없습니다. 강명화 씨는 죽은 귀신이라도 장씨 댁 귀신이 되어 부부가 지하에서라도 손목을 서로 이끌고 다니려니와, 강춘홍 이화련 양씨로 말하면 한마디로 임자 없는 귀신이라 원통한 중에 더욱 원통할 것입니다.

위의 세 원혼에게 발원하옵기로, 모두가 다음 생애에 다시 여자로 환생하되 품행이 점잖고 바른 좋은 집안에 태어나서 문벌 상당한 데로 출가하여 덕행 훌륭한 부모 밑에서 효자효부로 부부 사이의 금실이 낙이 되어 옥동귀자를 삼사형제씩 낳고 검은 머리 파뿌리 되도록 가정에 봄바람이 가득하게 지내게 점지해 주시오. 그중에 강명화 씨는 시아버지가 인후하여 며느리를 편애하도록, 강춘홍 씨는 친부가 장수하여 위로는 부모님을 모시고 아래로는 처자식을 거느려 안온히 지내도록, 이화련 씨는 친모가 어질어 남편을 잘 섬기고 자식을 사랑하도록 하여 주옵소서."

한 남자가 벌떡 일어서며,

"여러 말씀이 다 옳소이다마는 이화련 씨는 임자 없는 귀신이 아니올시다. 서정찬 씨가 시골로 가 있으면서도 어느 때든지 화련과 함께 살아 보려다가 자살하였다는 소문을 듣고 더럭 낙심이 되어 이내 목을 매어 죽었으니 아마 죽은 혼이라도 서로 만나 의지할 것이오."

말을 하던 여자가 다시 하는 말이,

"그것은 좁은 지식으로 미처 몰랐습니다. 용서하십시오. 또한 말씀드릴 것은 이 세상 사람의 비명횡사가 정당한 일이다 할 수 없사오니, 오늘 우리는 그 죽음을 찬양함이 아니라 오직 그들의 처지를 불쌍히 여기는 것이니, 여러분 젊은 여자들은 남의 일을 거울삼아 스스로 경계하여 그런 참혹한 행동을 흉내 내지 마시기를 바라오."

그 말이 그치자 저 천(川) 가까이에 자비로운 바람이 불며 법우(法雨)*가 부슬부슬 내린다.

〈끝〉

---

* 중생을 교화하여 덕화를 입게 하는 것을 비에 비유하여 이르는 말.

평양 기생 강명화전

강명화의 자살에 대하여[*]

나혜석

6월 15일 제1021호 〈동아일보〉를 보았다. '강명화의 자살'이
라는 제목 아래에 간단한 기사를 보았고 그 익일에 또 이 신문
에서 그 내력의 한 편을 보았노라. 그 최후에 하였다는 말을 볼
때에는 나의 전신에 소름이 쭉 끼치고 눈앞이 암울암울하였다.
나는 그대로 고개를 땅에 박고, 10일 하오 11시경에 약을 먹고
11일 하오 6시 반에 별세하였다는 그것을 계산하여 볼 때에,
그렇게 여러 시간이나 두고 죽음의 길을 향하여 고통하고 신음
하며 재촉하였을 것이 환하게 보이며, 내 몸이 일층 우그러지고
벌벌 떨리었다. 나는 일찍이 5년 전에 우리 어머니 돌아가실 때

---

[*] 이 글은 나혜석이 〈동아일보〉 1923년 7월 8일 자에 라정월(羅晶月)이라는 필명으로
기고한 글이다. 원래 소설 제1부 후반부에 삽입되어 있었으나, 편저자의 재량으로
책 말미에 별도로 싣는다.

그렇게도 일각이 바쁘게 아파하시던 그 무섭고도 두렵던 기억이 번개같이 내 머리 위에 왔다가 갔다 하였다. 나는 언제든지 누가 죽었다 하면 이런 경험을 한다.

"아, 무서워라. 아 무서워. 그 아픈 길을 어떻게 갔을까? 왜 그런 어렵고 두려운 길을 취하였을까? 아이고 무서워, 아이고 참말 무서운 길……."

나는 이때 마침 병석에 있어서 생로에 제일 중대한 조건인 음식을 먹지 못하는 고통과 또 무수한 일을 두고 노동할 기력이 없어 비관하는 신경과민으로서, 우연히 강씨의 자살에 대하여 동정할 점이 많이 있을 뿐 아니라 가부를 분석해 볼 만치 여유가 있는 좋은 기회였다. 그러나 오직 그의 자살 내용 전체가 기생생활로 인하여 나의 살아온 가정이나 사회와는 별세계였던 그의 번민과 고통의 경계에 대하여는 나로서는 능히 알지 못할 점이 많은 것은 사실이요 큰 유감이다.

그러나 나는 어떤 사회의 어떤 인사를 막론하고 그 사람의 본성은 매일반 마찬가지라고 생각한다. 그러므로 누구든지 사람으로서 사는 데 대한 욕망과 죽는 데 대한 두려운 마음이, 강약과 대소의 차별은 있을지언정 그 본성을 겸비하고 있는 줄 안다.

그러므로 이 본성으로 보아 소소한 사정을 제하고는 대체로 능히 동감하고 동정할 수 있는 것이라 생각한다. 더구나 이 문제에 들어가서는 같은 여성 출연자로서 같은 조선의 배경, 같은 과도기의 무대, 같은 풍속 습관의 각본을 받은 우리가 그 자살 동기의 비밀을 알 것이요, 또 알아야 할 것이다. 이로 인연 삼아 우리 조선 여자들의 전도(前途)에 속할, 사는 이유를 확실히 세워야 하겠고, 자살의 무의미함을 스스로 깨달아야 할 것이다. 그럼으로써 비로소 우리의 생활에는 아무 모순 없는 뜨거운 정이 있을 것이요 노력할 것이요 낙관적일 것이다.

이런 의미로 보아 생사의 문제는 확실히 우리가 생활하는 동기 가운데의 기초가 되고 또 전부인 줄 안다. 나는 이 한 생각

아래 우선 나부터 방황하는 생활을 확실히 세우기 위하여 이 문제에 대한 감상을 약술할까 한다.

종로 네거리 먼지 속에 서서 남산을 바라볼 때에 만일 그 산 정상에 바로 서 있는 사람이 보인다 하면 그 사람은 마치 천사와 같이 보이리라. 그리하여 천치나 감각 없는 자를 제하고는 누구든지 이 먼지투성이인 시가(市街)에서 떠나 저기 저 사람과 같이 신선하고 청결하고 경치 좋은 저 꼭대기에 올라가서 장안을 내려다볼 천상인(天上人)이 되고자 하는 희망이 있을 것이다.

지금 조선 기생계에 일반 정신이 이러하다. 그중에 총명한 자이면 자기의 노예적 생활과 비인도적 생활에서 뛰쳐나와 다른 사람과 같은, 사람다운 생활을 해보려는 사람이 있고 실행을 하려 든다. 그리하여 머리 올리고 구두 신은 여학생만 보면 다 좋고 다 아름다우며 부부간 새 가정의 생활을 볼 때에는 재미가 깨 쏟아질 듯싶고 행복이 무한량할 듯싶게 보인다.

평양 기생 강명화전

그러할 때에 자기 몸을 돌아보면 모든 것이 악한 것이요 추한 것이며 지옥 불에 떨어져 허덕허덕하는 듯싶다. 세계가 넓다 하되 오직 이 한 몸 편안히 거할 바가 없고, 사람이 많다 하되 오직 한 사람의 가슴에 끓는 피의 사랑을 받지 못하며, 또 그 사랑을 줄 곳이 없는 기생들로서는 마땅히 목이 마르게 바랄 일이다. 마침내 산 정상에 이르면 "별것이 아니었다" 실망할 만큼 누구나 그 경우에 결코 만족하는 자가 없다. 행복이었었다 하면 산 정상에 도달하였을 그때뿐이요. 그것도 벌써 지나간 것으로 돌아갈 뿐이다. 이것이 인생인 것을 냉정히 생각할 여유조차 없으리만치 기생의 생활은 건조무미하고 허위적막이다.

행복과 만족은 결코 나 아닌 것[非我]으로 구할 바가 아니요 반드시 자기 내심의 작용으로 말미암아 영원토록 일신하고 일변하는 느낌을 얻을 수 있는 것이다. 또한 기생과 같은 감정 생활, 기분 생활 하는 자로서는 도저히 스스로 깨달을 수 없을 것이다.

강씨의 금번 자살의 원인도 확실히 여기 있는 것이다. 즉, 개인적 생(生)의 존엄과 그 인생을 전개해 나갈 역량이 풍부한 것을 자신하면서 어디까지 할 수 있는 대로 살려고 하는 것이 현대인의 이상이요, 그 생의 전부를 열어 가려고 노력하는 일체 행위가 행복이요 만족인 것을 몰랐던 것이다. 일찍이 이것을 스스로 깨달았던들, 종종 있는 바와 같이 저항력이 결핍한 자들이 자기가 처한 압박을 감당하지 못하여 생활의 의지와 강한 욕망을 잃고 일신의 순결을 지키기 위하여 스스로 죽음을 재촉하는 데 빠지지 않았을 뿐 아니라, 생존을 위한 뜨거운 열정과 분투노력하는 마음이 더 깊고 강하였을 것이다.

기사 가운데에 그는 장씨에 대하여 이렇게 말을 하였다 한다. "나는 결코 당신을 떠나서는 살아 있을 수가 없고, 당신은 나하고 살면 사회와 가정의 배척을 면할 수가 없으니 차라리 사랑을 위하고 당신을 위하여 한 목숨을 끊는 것이 옳소" 하였다 한다. 이 얼마나 번민고통을 쌓고 쌓아 견딜 수 없고 참을 수 없어 한 말인지 실로 눈물 지어 동정할 말이다.

나는 언제든지 자유연애 문제로 토론할 때는, 조선 여자 중에 연애를 할 줄 안다 하면 기생밖에는 없다고 말하여 왔다. 실로 여학생계는 이성에 대한 교제의 경험이 너무 없으므로, 다만 그 이성 간에 있는 불가사의한 본능으로만 무의식적으로 이성에게 접할 수 있으나, 오직 기생계에는 이성교제의 충분한 경험으로 그 인물을 선택할 만한 판단력이 있고, 여러 사람 가운데에서 오직 한 사람을 좋아할 만한 기회가 있으므로, 여학생계의 사랑은 피동적이요 일시적인 반면에, 기생계의 이런 사람에 한하여는 자동적이요 영속적인 줄 안다. 그러므로 조선에 만일 여자로서 진정한 사랑을 할 줄 알고 줄 줄 아는 자는 기생계를 제하고는 없다고 말할 수 있는 것이다.

이 의미로 보아 장씨의 인물 여하는 막론하고, 강씨가 장씨에 대하여 스스로 느끼는 처음 사랑을 깊이깊이 느꼈을 줄 민는다. 이럼에도 불구하고 그 경우에는 애인과 동거하지 못할 처지에 있으면서도 동거하지 않을 수 없겠다는 결심이 있다 하면 실로 난처한 문제이다. 이와 같이 씨는 비운에 견디다 못해 연애의 철저함을 구하기 위하여, 정조의 순일함을 지키기 위하여, 자기 정신의 결백을 발표하기 위하여, 세태를 분노하기 위하여 자살을 실행한 것이다.

그러나 동기는 어떠하든지 자기 생명을 끊는 것은 곧 자포자기의 행위이다. 생명의 존귀함과 그 생명 역량의 풍부함을 스스로 깨달은 현대인이 취할 방법은 아니다. 어디까지든지 살아 있으려고 하는 데서, 연애의 철저며 정조의 일관이며 정신의 결백이 실현될 것이다. 무슨 연유인고 하면, 살려고 하는 노력에 있어서만 여러 가지 조건은 가치가 있는 것이요, 살려고 하는 것을 제하고는 모든 것이 허무인즉, 세태의 혼란스러움을 분노하는 것도 좋지마는, 그것만으로는 살기 위한 노력이 부족하다. 하물며 그로 인하여 스스로 분해서 죽는 것은 제일 부끄러워할 만한 비겁한 행위이다. 진심으로 세태를 분노한다 하면 스스로 나아가 세태를 개조하는 책임을 깨달아야 할 것이다.

누구에게는 이렇게 냉정하게 본말전도를 생각해 볼 여지조차 없이 그 번민과 고통이 극도에 달하였을는지도 모르겠다. 그리하여 그의 한 조각 가슴속에는 선악과 비통과 환락의 상대적인 것이 생(生)이라 하면, 여러 가지 차별을 초월한 절대적으로 한결같은 세계가 죽음의 세계로 보였을는지도 모른다. 이 의미로 죽음을 절대적인 안정으로 해석하였을 것이다. 누구든지 죽음의 공포를 감각하면, 그것은 곧 "어떻게 살아갈까"하는 목적이 있음이요, 어느 때든지 생의 욕망을 방기하면 곧 절대적인 안정의 세계가 나타날 것이다. 그리하여 생의 욕망에 상대적인 것으로서 비로소 죽음이 두려워지게 되는 것과 같이, 절대적인 죽음은 두려운 것이 아니요 오직 상대적인 죽음을 두려워하는 것인 줄 안다.

씨에게는 상대적인 죽음을 두려워할 만한 견고한 의지가 없었고, 그만한 교육이 없었으며, 자기 하나 생명의 존재를 스스로 믿을 만한 아무런 능력과 희망이 없음에서 기인한 비관이요, 새로운 여론을 일으킴으로써 자기의 연애 전부를 신선하게 만들려는 허영심이다. 그러한즉, 신식에 유행하는 신사상에 물들었다고 하는 비난은 면할 수 없을 것이다.

물론 누구든지 자살하는 내면에는 소질의 박약함과 환경의 불량과 교육의 부족이라는 원인이 있을 것이다. 그러나 다수는 이 운명을 무슨 숙명과 같이 절대 변하지 않는 팔자로 정하여 그 운명의 대부분을 전개해 나갈 만한 역량에 대한 자각이 없이 자살에까지 이르는 것이다.

그리하여 어떠한 동기의 자살이든 무엇이든, 자기의 생각으로 감당할 수 없는 사건을 만나면 목전의 고통을 피하기 위하여 모방성에서 나오는 이 잘못된 생각을 유일한 지주(支柱)로 알고 경솔하게 실행하는 것은, 기실 아무것도 아니요 무능력하다는 증거인 염세적 자포자기의 행동이다.

누구든지 자식을 낳아 보고 길러 본 자는 알 것이라. 모태에 있을 때부터 얼마만큼 심한 고통을 우리 어머니에게 끼치고 또 우리가 경험하였었는지, 얼마나 위대한 자애의 느낌을 받고 주고 하는지!

우리의 목숨은 결코 그렇게 헐값을 가진 것이 아니다. 내 목숨이되 내가 끊을 아무 권리가 없는 것이다. 내 몸은 결코 내 소유가 아니다. 우리 어머니 것이었고, 우리 조상의 것이었으며, 사회의 물건이다. 내 생명이 계속되는 최후까지 온 힘을 다하여 남들이 하는 것을 다 해보는 수밖에 다른 보은 될 만한 것이 아무것도 없는 줄 안다. 남과 같이 행복스럽고 만족한 생활을 좀 못하기로 그다지 크게 자포자기할 것이 무엇이랴. 내가 할 수 있는 데까지 내 일만 하면 또한 이것이 행복스럽고 만족할 수 있는 것이 아닐는지.

자살은 개인의 자유요 권리라고 말할는지 모르나, 자신의 권리는 타인의 권리를 침해치 못한다는 조건이 있다 하면, 즉 그 사람의 자살로 인하여 가족이나 사회에 손해를 끼치는 위험이 있다 하면, 권리의 정당한 행사가 아니요 도리어 불법비리의 행위일 것이요 타살과 마찬가지인 죄악으로 볼 수밖에 없는 것이다.

어떠한 동기의 자살을 물론하고 동정하고 찬미할 이유는 아무리 생각해도 없을 것이다.

이어서 한강 철교 위의 자살에 대한 기사를 보았다. 절대적인 안정 세계로 향하는 그네들은 여하간 근심 걱정 다 버리니 편안할는지 모르거니와, 그 이면에 있어서는 살아 보려고 애쓰는 우리들을 위하여 조금의 걱정이라도 더 하여 주기를 바란다. 우리들의 처지가 꼭 죽어야만 할 것인지 모르지만, 그래도 좀 더 살아 보고 싶다. 요 고비만 눈 꿈쩍하고 넘겨 보고 싶다. 다 같은 인생인데 설마 꼭 요대로만 살라는 법이 어디 있으랴, 하고 생각할 수도 있다.

그렇지 않아도 조선 사람들의 생활은 전부가 대대로 죽지 못하여 살아가는 살림이었다. 살 이유가 아무것도 없었고, 자각이 없었고, 노력이 없었으며, 열정이 없는, 오직 죽음의 차례만을 고대하고 있었을 뿐이었다. 게다가 일층 자살의 실행자와 결심자까지 나오면, 살려고 하는 우리 사람들의 정신은 매양 자극을 받게 되고 방황을 얻게 된다.

개인이나 사회를 물론하고 평탄한 상태에 있는 것보다도 역경에 처하여서 비로소 굳어지고 여물어지는 것이다. 이에서 생기는 인물이라야 위대한 인물이요, 여기서 나오는 사상이라야 철저한 사상일 것이며, 여기서 나오는 예술이라야 심오한 예술일 것이다. 이는 과거 시대의 러시아 상태를 실례로 들어 말할 수 있는 것같이, 우리가 이 한 고비를 잘 참고 이겨 살아가야만 조선 사람의 민족적 생활 근본이 철저하게 잡힐 줄 안다.

더구나 이에 직접 또는 간접으로 책임을 가진 우리 일반 여자들은, 현대인의 살아가는 이상은 과거와 같이 파괴적이요 부정적이요 소극적인 사상은 지니고 있지 않고, 우리들의 이상은 철두철미하게 건설적이요 긍정적이요 적극적으로 생의 전개가 있을 뿐이요. 죽음은 그러한 이상의 적으로 알고 그것을 우리가 힘껏 정복하려는 결심 아래에 자살의 행위를 평범하고 추하고 열등시하고 죄악시하는 경향이 있기를 바란다.

　결론에 이르러, 강씨와 같은 명민한 두뇌와 미려한 용모와 열정의 가슴이 허무로 돌아간 것을 알게 된 사람 중 일인으로서 애도하며 한 생각을 영전에 드리고자 한다.

평양 기생 강명화전